사라지는, 사라지지 않는

사라지는, 사라지지 않는

제9회 수림문학상 수상작

ⓒ 지영 2021

초판 1쇄 발행 | 2021년 12월 3일

지은이 | 지영

발행인 | 성기홍
편집인 | 박상현
주　간 | 도광환
기　획 | 이승우
제작진행 | 김민기

발행처 | 연합뉴스
주　소 | 03143 서울시 종로구 율곡로2길 25
　　　 www.yonhapnews.co.kr

인　쇄 | 평화당인쇄(02-735-4009)

정　가 | 13,000원
구입문의 | 02-398-3591, 3593~4

ISBN 978-89-7433-136-8　03810

• 이 책은 수림문화재단의 지원으로 출간되었습니다.
• 광화문글방은 연합뉴스의 출판 전용 브랜드입니다.

제9회 수림문학상 수상작

사라지는, 사라지지 않는

지영 장편소설

차례

인도네시아 발리 사누르 선착장

"……세계보건기구 더블유에이치오는 최근 급격히 확산 중인 수키 증후군과 관련하여 국제적 공중보건 비상사태를 선언했습니다. 기존의 다른 감염병과 비교할 때 발병자 수는 확연히 적지만 특정 권역의 창궐을 넘어 모든 대륙에서 급격히 발생하고 있기에 내려진 조치로 보입니다. 세계 각국은 더블유에이치오의 권고 사항에 주의를 기울이며 수키 증후군의 확대 방지를 위한 대응에 온 힘을 다하고 있습니다. 자세한 소식은 ……."

이어폰을 빼자 낯선 말들이 쏟아졌다. 이곳의 말은 인근 나라의 높낮이가 선명한 말들에 비해 조금은 차분하게 느껴졌다. 간이 대합실에 놓인 텔레비전 화면 속 앵커의 말과 하단의 자막은 알아들을 수 없고 읽을 수 없지만 짐작 가능했다. 방금 전 스마트폰으로 확인한 한국의 뉴스 속보와 크게 다르지 않은 내용들이 화면을 채우고 있었기 때문이다. 세계적으로 유행병이 심각하다는데도 소식을 접하는 현지인들의 얼굴에서는 무심無心과 무료無聊가 느껴졌다. 이곳에 발병자는 아직 나오지 않았고, 여행자의 발길은 여전히 이어지고 있었다. 그러니 세계의 혼란은 제 것이 아닐 수밖에.

"트윈스, 라오."

몇몇이 자리에서 일어나 주섬주섬 짐을 챙기기 시작했다. 빨간 모자를 쓴 여자가 나를 알은체하며 손을 흔들었다. 한 시간 전 트윈스를 경유하는 라오행 티켓을 팔았던 직원이다. 여자는 손을 내리고는 양쪽 손목을 번갈아 주물러 댔다. 나도 괜스레 오른쪽 손목을 만지작거리다가 천천히 몸을 일으켜 세웠다. 그 순간 끼이익, 나무로 된 문이 열리는 소리가 묵직하게 들려왔다. 지금이 영상 안이라면,

페이드아웃.

나는 지금 암흑 속이다.

숨이 다해 가던 누군가가 살아난다, 내가 그랬듯.

또 다른 누군가는 사라지는 자신을 지켜본다, 네가 그랬던 그때처럼.

어디선가 한 줄기 빛이 밀려오더니 이내 짙은 어둠 속으로 퍼져 간다. 나는 가느다랗게 떨리는 빛을 붙들고 주변을 둘러본다. 소스라치게 차가운 것이 몸을 감싸기 시작한다. 지금의 환영幻影은 묵직하게 출렁이고 있다.

바다, 바다이다.

손을 뻗어 곁을 떠도는 것을 붙들어 본다. 날이 서 있기도,

뭉툭하게 닳기도 한 마음의 조각들이다. 기억의 파편들은 저만치서 반짝인다. 일부는 퇴색하여 흐릿하기도 하다. 마음과 기억의 순간들 사이에서 드디어 내가 놓인 곳을 안다. 거대한 얼음 덩어리가 부유하는 이곳은,

베링해협이다.

마지막 빙하시대에 서로 이어져 있던 알래스카와 시베리아는 이제 인간과 그들의 거주지보다 더 커다란 얼음들이 규칙이나 질서 따위 없이 흘러 다니는 해협을 사이에 두고 있다. 오늘의 내게 주어진 마음과 기억에는 대륙과 대륙을 잇는 바다를 지날 때 느꼈던 일말의 두려움, 그보다 너른 호기심, 그것들을 얇게 감싼 설렘이 배어 있다. 그때 이 여자는 자신을 움직이는 동력이 과거의 경험인지 미래의 바람인지를 곰곰이 따져보고 있었는데, 명확한 답을 내릴 수는 없으나 심장은 바삐 뛰고, 그것이 자신을 설레게 하기에 살아 있다는 것만큼은 확신할 수 있었다. 기억의 수여자를 두근거리게 한 순간으로 인해 나는 적도 언저리에서도 찬바람에 휘감긴 채 서 있다.

뼛속까지 아리게 만드는 냉기는 어느덧 후텁지근한 열기로 바뀌었고 나는 다시 열대의 태양과 마주했다. 한때 바다는 대기이자 하늘이었고 섬은 산이었으며, 또 어떤 땅들은 서로 연결되어 있었다. 그리고,

또 다른 한때 나는 당신이었다.

코코 웨스턴, 코코 이스턴

선착장을 사이에 두고 우뚝 솟은 두 개의 섬, 섬들은 쌍둥이마냥 비슷한 각도로 부드러운 능선을 늘어뜨리고 있었다. 해가 정수리에 내리쬘 때쯤 물이 저만치 밀려나면 섬과 섬, 이곳 말로 코코와 코코 사이를 걸어서 오갈 수 있다고 했다. 사누르에서 함께 출발한 승객들이 하선을 서두르기 시작했다. 너른 바다를 페리로 두어 시간쯤 가로질러 도착한 코코 웨스턴과 옆에 있는 코코 이스턴이 대다수 사람들의 목적지라면 몇몇은 아직 가야 할 곳에 도착하지 못했다. 나도 그중 하나였다.

선착장에 발을 내딛자 몸이 휘청거렸다. 물 위에 세워진 목조 다리 아래로 파란 파도가 투명하게 일렁거렸다. 윈드점퍼 안쪽에서 진동이 느껴졌다. 스마트폰을 꺼내어 확인해 보니 엘레나 에버라드가 보낸 메일이 도착해 있었다. 나는 메일을 감히 확인하지 못하고 폰만 만지작거리다가 그대로 멈춰 섰다. 어쩌면 지금 그 위에 있을지도 몰랐다.

생을 나누는 분기점이 있다면 나의 것은 무엇이었을까.

아시아와 오세아니아 대륙 사이의 바다에는 보이지 않고 만질 수 없는 경계가 있다. 월리스 라인(Wallace Line)이 바로 그것이다. 섬과 섬 사이 깊은 바다, 서西의 세계와 동東의 세계 사이, 실재하지 않는 가상의 선線을 기준으로 서쪽에는 아시아의 동식물이, 동쪽에는 오세아니아의 동식물이 서식한다. 코코 웨스턴과 코코 이스턴은 데칼코마니인 양 비슷한 모양을 한 연유로 코코 트윈스로 불리면서도 다른 생태 환경을 가지고 있는데, 아득한 과거를 향해 거슬러 올라가면 각기 다른 대륙의 일부였다. 그것이 쌍둥이임에도 전혀 다른 풍경의 생을 품고 있는 이유였다.

섬들을 가로지르며 내려온 선은 또 하나의 섬을 정확하게 반으로 가른다. 배를 타고 삼십여 분 더 달려야 도착할 수 있는 라오, 두 생태계가 혼재되어 있는 섬이 내가 가야 할 곳이었다. 라오는 길고 긴 추적의 마지막 장소가 될 수 있을까. 내내 알 수 없어 찾을 수 없던 목적지에 도달할 수 있을까. 그런다고 사라지는 사람들을 붙잡을 수 있을까. 아홉 번째 생일을 두 달 앞두고 데드 데이 파티를 여는 아이에게 대체 무엇을 해 줄 수 있을까. 나는 얼마 전에 받은 보나의 메일을 떠올렸다.

보나의 데드 데이 파티에 초대합니다(Welcome to Bona's dead day party)

11

― 날짜와 시간 : 2023년 5월 15일
― 장소 : 보나의 집과 유튜브 채널 '안녕, 보나'

안녕, 시오.
저 보나예요. 보나의 데드 데이 파티에 초대해요. 우린 멀리 떨어져 있으니까 유튜브로 만날 거예요. 저와 마지막으로 인사해야 하거든요. 그러니까 꼭 와야 해요.

보나로부터

적도의 태양은 견딜 수 있을 만큼 따사롭고 짠 내를 머금은 바람은 기분 좋게 불어왔다. 그럼에도 심장은 거칠게 뛰고 두 손은 한없이 떨렸다. 아직 읽지 않은 메일이 전하는 소식을 이미 알아 버렸기 때문이었다. 구름 한 점 없이 맑은 하늘 아래서 나는 보이지 않는 수증기와 내리지 않는 비를 떠올렸다.

한없이 사랑스럽던 보나 에버라드의 평온한 잠을 바라며.

Ver.17 ─ 「먼지 인간, 수키들」

모어母語(Mother tongue)란 자라면서 배워 자신의 바탕이 된 말로, 언어학에서는 L1(First language)으로 부르기도 한다. 자신이 속한 국가와 같은 집단에서 사용하는 언어인 모국어母國語(Native language)와 완벽하게 일치하지는 않지만 유사하게 사용되기도 한다. 그런데 최근 세계적으로 자신의 첫 번째 언어인 모어를 잃고 낯선 언어를 하게 되는 사례가 빈번하게 발생해서 관심과 우려가 집중되고 있다. 최초 발병자인 수키 라임즈의 이름에서 유래하여 수키 증후군(Suki's syndrome)으로 불리는 이 증상은 대외적으로 알려지지 않았으나 언어의 변화뿐만 아니라 신체의 변화, 즉 _____.

─ 출처 : 「겨울의 지점(Merry winter solstice)」
자료 제공 : 이하리

인터뷰 1-1. 한준의(한국 서울, 디몰 테러 생존자, 『수키에 대하여』 저자)

— 수키가 그냥 찬드라 굽타로 살았다면 어땠을까요? 입양, 영웅, 인기, 한국어……, 그런 것들이 그 친구 인생에 존재하지 않았다면요. 이미 죽은 사람을 찾겠다는 당신의 시도보다 더 무모한 상상이네요. ……근데 저기, 질문이 있어요. 이 다큐멘터리는 왜 만드는 건가요?

— 글쎄요, '해야 하니까'와 '하고 싶으니까' 사이에서 서성이는 마음 때문이라고 해 둘게요.

— 이런 말을 하는 게 실례인 줄 알지만 당신이 하는 이 일이 시간과 돈과 에너지를 쏟아 가며 할 일인지 잘 모르겠어요. 당신이 내 가족이고 친구라면 제발 정신 좀 차리라고 할 텐데요. 이봐요. 모두가 두려워하고 싫어하는 수키라고요. 당신은 대체 왜 그녀에 대해 질문하고 그녀 얘길 들으려는 거지요? 이 이야기에 얼마나 중요한 진실이나 거대한 비밀이 있다고 추적 중인 거냐고요. 게다가…….

— 맞아요. 전 수키가 아직 살아 있다고 믿어요. 당신도 나와 같을 거라 기대하고요.

— (오프 더 레코드) 수키가 아직 살아 있다니요. 왜 그렇게 생각하는 건가요? 당신의 그 근거 없는 믿음과 대책 없는 확신이 대체 어디에서 비롯된 건지 궁금하네요. 실례인 줄 아는 말

은 처음부터 안 하는 게 맞고 아무도 궁금해하지 않을 이야기도 애초에 만들지 않는 게 맞아요. ……아무도 관심 갖지 않을 거예요. 우리의 시간은 공허로 남을 거고 언젠가 당신은 낭비한 것들을 후회하며 허망해하겠죠.

그런데도 계속 할 건가요?

「먼지 인간, 수키들」의 여정은 인도에서 찬드라 굽타로 태어나 미국에서 수키 라임즈로 살다가 어느 날 문득 모어인 영어를 잃어버리고, 그러다 세계 곳곳에서 발병하는 어떤 한 질병의 기원으로 기록됐다가 종국에 이르러 공포와 혐오 그 자체로 남은 '수키', 그녀의 생에 있어 분기점이 된 순간을 이야기하는 것에서부터 시작하려 한다.

1. Mori, Upper

　　"……Mori, ……Upper."

　여자가 힘겹게 입을 뗐다. 침대 주위에 있던 사람들의 눈이 휘둥그레졌고 이내 시선은 자연스레 '위'를 향했다. 병실의 하얀 천장에는 특별한 게 없었고 그들은 고민에 빠졌다. '모리(Mori)'는 누구인가? 여자의 시신경에 문제가 있는 걸까? 혹시 '위'가 아니라 '약'인가? 오십여 일 만에 겨우 눈을 뜬 여자는 왜 다짜고짜 '각성제(upper)'를 달라고 하는가? 그것도 아니면 다른 '모리(morir)'인가? 스페인어가 튀어나올 상황은 아니지만 어쩌면 자신이 죽을 것 같다거나 수분이 부족하다는 뜻일지도 몰랐다. 누군가는 물을 찾고 다른 누군가는 수액을 요청하기도 했으나, 병실에 모여 있던 대다수 사람들은 맥락 없이 나열된 단어들 앞에서 당황할 뿐이었다.

　미스터리한 모리의 여자는 답답하기만 했다. 질문에 제대로 답해 주는 이는 없었고, 말들이 공간을 가득 채우고 있었으나 오직 탄식만 알아들을 수 있었다. 대부분의 말들은 그녀의 한쪽 귀로 들어와서는 지나치게 빠른 속도로 반대편을 향해 나가 버렸다. 인간의 말인 것 같긴 하나 뜻을 알 수 없는 말은 여자에게 있어 보이지 않는 밧줄 같았다. 이해 불가의 소리, 그리하여 소음과 다를 바 없으나 동시에 불안과 두려움으로 가득 채워진 것이 강하게 옭아매 오자 여자는 있는 힘껏 소리 지를 수밖에 없었다.

"Jeo jom sallyeojuseyo."

낯선 말이 또다시 병실에 울려 퍼지고 나서야 사람들은 여자에게 심상치 않은 일이 발생한 것을 알아챘다. 그들은 전혀 예측하지 않고, 그리하여 대비하지 않은 문제에 직면했다. 플랜 A, B, C, D를 가동할 수 없는, 아마 Z쯤에 해당할 응급 상황 앞에서 그들이 할 수 있는 일이라고는 두 손을 꽉 쥔 채로 '지저스'나 '오 마이 갓'을 외치며 눈물을 흘리거나 입을 반쯤 벌리고 우왕좌왕하는 것, 그저 그런 것들뿐이었다.

이전에 없던 하나의 증상이 처음 목도된 순간은 이렇듯 혼돈, 그 자체였다.

시실리아 슐리츠 인생의 황홀을 바다에서 마주했다. 깊은 수심에서 느껴지는 물의 압력이 몸과 마음을 평온하게 했고, 나는 일렁이는 물고기 떼와 흐드러진 산호초 사이에서 구원을 얻었다. 다시 바다가 나를 구할 것이다.

— 2021년 3월 30일, 시실리아의 일기에서

시실리아 슐리츠는 이 일기를 남기고 다음 날 라오의 바다에서 스쿠버 다이빙을 하던 중 세상을 떠났다. 수심 이십구 미터에 위치한 난파선을 둘러보다 버디와 헤어졌고 여덟 시간 후 시신으로 발견됐다. 발견 당시 왼팔이 사라진 상태였으며 시신의 일부는 끝내 찾지 못했다. 그러나 오랜 벗인 내가 기억하는 시실리아는 두 팔로 사랑하는 이들을 꼭 안아 주던 모습, 오직 그뿐이다.

친구, 언젠가 우리는 더 좋은 곳으로 여행을 가게 될 거야.

타린 마웅 저 강만 건너면 나의 나라야, 그가 남긴 마지막 말. 평생 남의 나라를 떠돌아야만 했던 그는 죽는 순간까지 고국을 그리워했다. 그는 어쩌면 지금에야, 먼지가 되고 나서야 돌아가길 간절하게 원했던 땅에 도착했을지 모른다.

2. 84C330−Suki's syndrome

한 인간이 말(言)을 잃고 말(言)을 얻었다.

인도계 미국인 수키 라임즈는 총기 난사 테러에서 살아남은 후 모어인 영어를 상실하고 생경한 언어 한국어를 완벽하게 구사하게 됐다. 어느 날 느닷없이 일어난 일이었다. 발병 원인은 미상이고 치료 방법은 부재했다. 한 개인의 아픔과 절망이 세계의 불안이 되는 데에는 그리 오랜 시간이 소요되지 않았다. 일 년이 채 지나지 않아 수키에게서 확인됐던 언어 교체 증상과 동일한 증상을 보이는 환자들이 보고되기 시작했다. 그것은 대륙이나 국가, 인종에 관계없이 인류에게 파고들었고 언제 어디서나 발생했다. 특정한 균이나 바이러스가 뇌를 비롯한 신체 어느 곳에서도 확인되지는 않았으나 마치 감염병처럼 확산된 것이다.

제1언어가 다른 언어로 교체되는 전대미문의 이상 증상은 대책을 마련할 새도 없이 순식간에 세계를 공포로 휩쓸었다.

발병의 원인과 그 경로를 확인할 수는 없으나 이는 상세 불명의 감염성 질환으로 분류됐고, 결국 최초 발병자에게서 유래된 고유한 명칭을 번호와 함께 부여받기에 이르렀다. 질병 코드 84C330, 질병 명칭 수키 증후군(Suki's syndrome)이 바로 그것이다.

수키 증후군이 모습을 감추지 않고 언제 어디서나 제 존재를 과시하는 것과 달리 최초 발병자 수키 라임즈의 최근 몇 년간 행적은 베일에 싸여 있다. 오른팔을 잃은 상태로 목격된 것이 우리가 확인할 수 있는 그녀의 마지막으로, 다수의 전문가 및 관련자들은 어떤 흔적도 남기지 않고 마치 뙤약볕 아래서 증발한 물기인 양 사라진 수키가 사실상 사망한 것으로 추정한다.

인터뷰 2-1. 홍나경(한국 광주, 수키 증후군 환자 김봉혜의 딸)

— 어머니 김봉혜 씨의 이야기를 들려주시겠어요? 어떤 것이든 다 좋습니다.

— 첫 해외여행을 미국으로 가다니 엄마가 나보다 낫다, 그랬어요. 전 부산에서 배 타고 일본 오사카에 갔던 게 처음 외국에 간 거였거든요. 그때는 배 위에서 일몰도 보고, 일출도 보고 싶었어요. 저희 아버지는, 음…… 뭐랄까 답답한 구석이 있는 사람이에요. 집 나가면 고생이고 비행기를 타는 순간 죽음과 맞닿게 된다고 믿으시거든요. 비행기 추락이나 테러 같은 사고와 사

건에 민감하셨어요. 애초에 비행기 자체를, 그 커다란 기계가 하늘을 난다는 사실을 받아들이시지 못했던 것 같아요. 토목 감리 일을 사십 년 가까이 하셨는데도, 그러니까 이과형 인간인데도 그러시더라고요. 어쨌거나 그때도 엄마에게 바다 건너 어드메는 당신 혼자 가라는 말을 했는데, 아버지가 맞았어요.

……저희 엄마, 평범한 아줌마거든요. 영어도 못하고, 알파벳을 몇 년째 가르쳐 주는데도 뒤돌아서면 에이비씨 다음이 뭐지, 이랬던 사람이었어요. 외국인한테 한국말로 물어보고는 못 알아듣는다고 답답해하던 사람이 벨라즈 크레올이라니 말도 안 돼요. ……엄마는 작년 봄 미국 캘리포니아주에 있는 오렌지 카운티에서 발생한 총기 난사 사건 이후 벨라즈 크레올만 할 수 있었어요. 벨라즈도, 크레올도, 수키 증후군도 그 덕분에 알았지요, 평생 모르고 싶은 건데. ……가끔 허공을 향해 손을 내밀곤 해요. 지금 불어오는 바람에 엄마가 스며 있지 않을까, 아까부터 내리쬐던 햇빛에 담겨 있지 않을까 해서요.

— (오프 더 레코드) ……*제가 만난 분들 중에도 비슷한 말을 하는 분이 있어요. 티끌 하나 버릴 수가 없다고요. 혹시나, 어쩌면 하는 생각에 끌어안게 된다고요.*

— 맞아요. 그 '혹시나'와 '어쩌면'이 미련을 갖게 하죠. ……한 인간이 파괴됐잖아요, 먼지처럼. '처럼'이라고 하면 안 되겠네요. 진짜 먼지가 됐으니까요. 이건 세계의 종말이에요. 적어

도 완벽하게 파괴된 이에게는 우주의 멸망과 다를 바 없는 거라고요. ……단 한 줌도 남지 않았어요. 아니, 화장을 하면 유골은 남잖아요. 엄마의 마지막은 말 그대로 정말…… 무無였어요. 저희는 사라지는 엄마를 붙잡지 못했거든요.

동아시아의 한국에서 태어나 육십여 년을 그곳에서 살아온 김봉혜는 어느 날 갑자기 벨리즈 크레올로만 말할 수 있었다. 딸 홍나경이 '벨라즈'라고 말하는 것을 통해 추측할 수 있듯 보통의 한국인에게 중앙아메리카에 위치한 벨리즈(Belize)는 낯선 나라이고, 두 개의 언어가 혼합되어 탄생한 '크레올(Creole)'도 접하기 쉬운 단어는 아닐 것이다.

그에 비해 김봉혜가 앓았던 수키 증후군은 더 이상 낯설지 않다. 제1언어가 다른 언어로 교체되는 이 증상의 발병자는 학계에 보고된 것만 2023년 기준 71,213명에 이른다. 특정 대륙이나 국가, 인종에 국한되지 않고 전 지구적으로 분포하는 환자들은 모두 테러 등의 사건이나 사고를 경험했다는 공통점을 갖는다. 전문가들은 이 증상이 다발적으로 발생하는 국제 분쟁과 종교나 인종 갈등, 독재에 맞선 민주화 운동 등에 의해 발생한 사건과 사고의 현장에서 죽음에 이르기 직전 가까스로 목숨을 구한 사람들에게서 발현된다는 점에 주목한다. 극한의 공포를 겪은 후 갖게 된 외상 후 스트레스 장애(Post-traumatic stress disorder)와 밀접한 관련이 있으리라 추정하는 것이다. 교체되는 언어의 경우 이전에 해당 언어를 직·간접적으로 접한 경험이 있는 것으로 확인됐다. 최초 발병자 수키 라임즈의 경우 가장 유력한 접점을 한국계 미국인 제시 킴으로 본다.

수키 증후군은 오래전부터 보고되어 왔던 외국인 억양 증후군(Foreign accent syndrome)과 매우 흡사한 증상을 보인다. 어느 날 갑자기 낯선 언어를 사용하는 동일한 양상을 보이기 때문에 발병 초기에 둘을 구별하기란 쉽지 않다. (오프 더 레코드) 그러나 명확히 다른 발병의 지점과 진행 양상, 즉 분쟁과 갈등에 의한 사건과 사고를 겪은 이후에 발병하는가와, 신체가 먼지로 변하는가의 여부에 따라 수키 증후군과 외국인 억양 증후군은 명백하게 다른 것으로 분류된다.

지금까지 공개되진 않았으나 수키 증후군 환자들은 언어 교체 증상을 보인 이후 빠르면 일 년, 늦어도 삼 년 이내에 신체 일부분이 먼지로 변하는 상황에 처하는 것으로 확인됐다. 고온 건조한 지역에 거주 중인 환자일수록 신체 먼지화 증상의 발현 시기 및 진행 속도가 빠른 편인데, 그렇다고 평균 기온이 낮거나 습도가 높은 지역 거주자들에게 나타나지 않는 것은 아니다. 또한 동반되는 증상이 다양한 관계로 표준화시키기 어려울뿐더러, 어떤 조건에서, 어떤 속도로 먼지화가 진행되는

지에 대해서도 아직 명확하게 알려진 바가 없다. 몇몇 사례에서 알 수 있듯 환자들이 자신의 몸이 조금씩 먼지로 사라지는 것을 지켜보다 결국 죽음에 이르게 된다는 것만을 확인했을 뿐이다.

한 인간의 완벽한 파괴. 그렇다, 수키 증후군 환자 김봉혜의 딸 홍나경이 말하듯이 수키 증후군의 끝은 하나의 우주에게 부여된 멸滅과 다름없다.

84C330-Suki's syndrome. 세계보건기구(WHO, World Health Organization)에 의해 코드를 부여받고 의학사전에 제 이름을 남긴 수키 라임즈는 인도네시아 발리 덴파사르의 응우라라이 국제공항 CCTV에 찍힌 것을 마지막으로 흔적도 없이 사라졌다. 삼십 대 초반, 5.7피트(ft), 185파운드(lb)로 알려진 것과 달리 영상 속 여자는 삐쩍 마른 몸에 주름이 깊게 팬 얼굴을 하고 있었다. 이에 영상의 진위 논란이 벌어지기도 했으나 얼마 지나지 않아 그녀를 향한 관심이 줄어들면서 논란 역시 수그러들었다. 수키는 지금 지역과 인종, 종교와 국적을 구분하지 않고 무작위로 발병하는 하나의 증상으로서만 존재할 뿐이다.

(오프 더 레코드) 인도네시아 대통령 직속 재난관리위원회(Indonesian National Board for Disaster Management)에서 근무했던 니 마데는 해당 CCTV의 자료 가운데 비공개된 부분이 있고,

자신이 수키의 신체 일부가 먼지로 흩뿌려진 것을 확인했다고 증언한다. 그러나 이 같은 발언에 신빙성이 없다는 것이 인도 네시아 정부를 비롯, 미국 백악관 및 정보기관인 중앙정보부 (CIA, Central Intelligence Agency)와 국가안전보장국(NSA, National Security Agency) 등의 공식 입장이다. 그들은 니 마데가 이른바 '수키 팔이'를 하는 이들 중 하나라며 강하게 비판한다.

매슈 그레이엄 매슈는 스물세 살이 되던 해 처음 히말라야에 갔어. 그곳에 도착하자마자 사랑에 빠졌지, 그 경이로운 풍경과 말이야. 매년 히말라야를 걸으며 그는 그곳에 사랑을 새겨 넣었고 가져오기도 했어. 갈 때마다 목도하게 되는 명징한 변화들, 줄어드는 만년설과 늘어나는 재해 앞에서 그는 미래를 도모하지. 그게 매슈가 환경 운동가로 살게 된 이유였어. 수키 증후군 환자가 아닌 자연과 생명을 사랑하던 매슈 그레이엄으로 기억되길 바라.

기억해 줘, 매슈를.

소냐 매킨스트리 시련이 있어야 날 수 있어, 그렇게 되뇌며 오늘의 실패와 절망을 차곡차곡 쌓아 가던 이. 네가 겪어야 했던 상실들, 말을 잃고 몸을 잃은 것도 날기 위한 시련이었을까. 지금의 너는 그토록 원하던 세상을 날고 있을까. 성공과 희망이 너를 붙들고 있다 한들 내게는 네가 없는걸.

그럼에도 그곳에서 날고 있길 바라고, 또 바라.

3. 모든 이야기의 시작

인터뷰 3-1. 샤 샤히드(파키스탄 이슬라마바드, 전 「데일리 파키스탄」 기자)

— 당신은 파키스탄에 처음 수키 라임즈와 디몰 테러 소식을 보도한 기자입니다. 기사를 준비하던 상황을 자세히 듣고 싶은데요.

— 〈인간의 자세〉, 그 사진 말입니다. 그걸 보는 순간 이야기가 되리라는 걸 직감했습니다. 솔직하게 말하겠습니다. 처음엔 사람들의 이목을 끌 수 있는 흥미로운 소재로 여겼습니다. 시간이 흐르고 나서야 거대한 이야기의 시작임을 알게 됐어요. 미국 대도시 한복판에서 일어난 무슬림에 의한 테러, 파키스탄 출신 소년, 거기에 인도계 미국인의 만남이라니. 하나의 스토리텔링이 가능했던 겁니다.

— 겉으로 드러난 것들을 종합해 보면, 솔직히 말해 저에게도 꽤나 흥미로운 소재이긴 했어요. 그게 사실이죠.

— 물론 화제성과 자극만을 좇았던 건 아닙니다. 신에게 맹세

하건대 그 보도의 핵심은 휴머니즘이었습니다. 그건 인간과 인간이 빚어낼 수 있는 가장 감동적인 순간이었습니다.

기자 샨 샤히드는 미국 워싱턴주 시애틀 외곽에 위치한 쇼핑센터 디몰(D-mall)에서 일어난 총기 난사 사건을 신문 첫 면에 보도하며 이렇게 썼다.

인도계 미국 여성, 파키스탄의 내일을 구하다.

— 출처 : 『데일리 파키스탄』 디몰 테러 기사
자료 제공 : 데일리 파키스탄

매일 사만여 명 이상의 사람들이 방문하는 쇼핑몰에서 아랍어 'اكبر الله'가 적힌 티셔츠를 입고 '알라후 아크바르(Allāhu Akbar)'를 외친 후 루거(Ruger) 10/22를 난사한 스물일곱 살의 청년 알리 무스타파는 레바논 베이루트 출신의 부모를 둔 이민자 2세였다. 시애틀에서 태어나고 자라는 동안 단 한 차례도 국경을 넘은 적이 없던 그는 CIA에 의해 외로운 늑대(Lone wolf), 즉 자생적 테러리스트로 판명됐다. 소프트 타깃 테러에 미국 사회는 충격에 빠졌고 즉각 이민자와 무슬림에 의한 테러를 막을 수 있도록 법적 규제를 강화해야 한다는 목소리가 높아졌다. 그에 비해 미국인들은 테러에 사용된 무기가 총이라는 데에는 그다지 동요하지 않았는데 미국에서는 총기로 인한 사고가 교통사고보다 흔하게 발생하기 때문이었다. 범인을 포함해 네 명 이상의 사람이 총에 맞거나 사망한 사건을 총기 난사 사건으로 분류할 수 있다면, 미국에서는 평균 이삼 일에 한 번꼴로 타인, 특히 불특정 다수를 향한 총기 폭력 사건이 일어난다. 그랬기에 서른일곱 명의 사망자를 포함, 총 백삼십삼 명의 사상자가 발생한 디몰 테러에서 가장 주목받은 것은 따로 있었다.

알리 무스타파가 디몰 이곳저곳에 총을 난사하던 구 분 남짓의 시간은 위치와 거리와 각도가 각기 다른 동영상과 사진으로 남았다. 아마추어 사진작가 제임스 퍼킨스가 아이폰 7로 찍은 사진도 이에 해당했다. 그날 그곳에서 많은 사람들이 사진과 동영상을 촬영했는데, 흔들리거나 너무 멀리서 찍히는 바람에 식별이 어려웠던 대부분의 기록물과는 달리 퍼킨스가 찍은 서른아홉 장의 사진은 한 여성이 쓰러지는 순간을 절묘하면서도 선명하게 포착했다. 공포에 질린 나머지 그가 손가락을 떼지 못하는 바람에 고속 연사로 촬영된 결과였다.

급박하고 참혹했던 현장을 담은 사진들 가운데 퍼킨스의 것들은 단번에 사람들의 시선을 끌어 모았다. 그중 피사체의 가장 극적인 순간을 담은 열일곱 번째 사진이 이른바 〈인간의 자세〉로 명명되기까지 했고, 『데일리 파키스탄』을 비롯한 전 세계 다수의 매체에 실린 바로 그 사진이었다.

수키 라임즈 탕탕탕, 총소리가 났는데요, 살아야 되잖아요. 힘
껏 달렸는데요, 몸을 벗어나기 전에 뒤에서 엄마! 소리가 들렸
거든요. 네, 진짜 '엄마'였어요. 파키스탄 아이니까 파키스탄어
로 불렀겠지만 제겐 그렇게 들렸어요. 한국어 엄마와 영어 맘
(mom)이 비슷하잖아요. 거기서도 엄마를 마(ma)와 비슷하게 부
르나 봐요. 그래서 아이를 향해 달렸어요.

— 출처 : 「Today News 9」 수키 라임즈 인터뷰
자료 제공 : CNN

자, 〈인간의 자세〉를 보자. 여기 작은 아이를 끌어안고 있는
아시아계 여성이 있다. 총알이 그녀의 머리를 관통하기 직전
이다. 절체절명의 위기 앞에서도 여자는 품속의 아이를 놓지
않는데, 어떤 굳은 결의가 이미지를 뚫고 생생하게 전달되는
듯하다.

사진 속에 등장하는 아이는 파키스탄 남부 카라치 출신의 일
곱 살 소년 모하메드 아슬람으로, 그는 냉전 종식과 더불어 구
시대의 어휘로 전락한 아메리칸 드림을 좇아 부모와 함께 미국
에 발 디딘 지 보름 만에 생사의 기로에 놓였다가 극적으로 살
아남았다. 파키스탄의 내일을 구한 이는 삼십여 년 전 인도에

서 미국으로 입양된 후 보통의 미국인으로 살아온, 이 이야기의 주인공 '수키 라임즈'이다. 아시아계 사람들이 빚어낸 장면은 미국은 물론 전 세계에 알려졌고, 이내 인류를 감동시켰다.

인터뷰 3-2. 샨 샤히드

— 당시 우리 신문은 미국 유력 신문과 방송을 인용하며 수키에 대한 기사를 연일 보도했습니다. 그녀는 생사의 갈림길에서도 모하메드 아슬람을 품에서 놓지 않았지요. 그리고 그런 그녀를 향한 관심은 파키스탄 전역에서 거세게 일어났습니다. 아이들은 집과 학교에서 수키에 대해 이야기해 달라고 졸라 댔고, 어른들은 회사와 식당에서 따뜻한 짜이를 마시고 윤기 흐르는 오렌지색 잘레비를 먹으면서 그녀를 둘러싼 이슈들을 입에 올렸으니까요. 당시 투르크메니스탄을 순방 중이던 맘눈 후세인 대통령이 휴머니즘을 몸소 실천한 수키를 위해 긴급 성명을 발표하고, 공식 석상에서 여러 차례 감사를 전할 정도였습니다.

카라치를 비롯하여 이슬라마바드와 라호르의 거리에서는 수키가 보여 준 희생에 대해 감사와 존경을 표하고 그녀의 회복과 안녕을 기원하는 행렬이 계속됐습니다. 파키스탄과 미국, 파키스탄과 인도의 역사와, 당시의 정세를 생각한다면 믿을 수 없는 광경이었지요.

정말이지, 경이로웠습니다.

미국은 물론 세계 곳곳에서 동시다발적으로 일어난 관심과 화제의 중심에 수키가 있었다. 파키스탄과 인도의 여러 도시들, 테러의 현장이었던 디몰을 비롯한 미국 전역, 나아가 파리와 런던, 상파울로와 카이로 등지에서도 희생자들을 위한 추모식과 지구상에서 일어나는 모든 테러에 반대하는 시위가 이어졌다. 수키의 이름이 구호로 외쳐진 행사와 행진들은 모두 그녀를 향한 기도로 마무리됐다. 온라인에서의 반응도 오프라인과 비슷한 양상을 보였다. 소셜 미디어가 '수키를 위한 기도(#pray for suki)'로 뒤덮였고, 주변 인물들의 인터뷰로 구성된 영상은 유튜브 역사상 최단 기간 조회 수 수십만 건을 달성하기도 하는 등, 그녀를 향한 관심은 하나의 신드롬이었다.

현재 유튜브에서 구백만 뷰 정도를 달성한 「수키, 그녀는 누구인가?」를 통해 알 수 있는 수키는 주위에서 흔히 볼 수 있는 이웃이었다. 시애틀 빌라드 고등학교 교장 에밀리 페이지는 수키를 조용하고 수줍음이 많던 소녀로 회상했다. 통신판매 전문회사 베스트 파크에서 함께 일한 폴 로드리게즈는 유쾌하고 활발했으며 좌중을 사로잡는 매력이 있던 옛 동료를 떠올리며 눈물을 훔쳤다. 시애틀 외곽의 거주 밀집지역 구석에 위치한 엘모어 421호의 마틴 미켈슨은 419호의 수키를 친절하고 따뜻한 사람이라 평하며, 그녀가 다시 일어나기를 간절히 빌었다.

인터뷰 4-1. 앤 테이트(미국 워싱턴주 에드먼즈, 「수키, 그녀는 누구인가?」제작자, 캠페인 'Little Big Hero' 대표)

— 수키 라임즈에 대해 한마디로 정의할 수 있을까요?

— 수키는 우리의 '작지만 큰' 영웅이었습니다. 그녀를 향한 찬사는 정말이지 한계를 몰랐어요. 기억하시나요? '수키에게 노벨평화상을'이란 운동도 있었잖아요.

— 세계 곳곳에서 동시다발적으로 일어난 움직임으로 기억합니다. 노벨평화상은 국가나 단체의 수장이나 단체 자체가 수상하는 경우가 많지만 국제 분쟁에서 영향력을 발휘하거나 인권 신장에 있어 유의미한 발자취를 보일 경우 개인의 수상도 가능하잖아요.

— 맞아요, 이 자리에서 제가 자세하게 밝힐 수는 없지만 헤이그 국제사법재판소와 노르웨이 노벨상위원회의 전前 멤버들을 주축으로 한 '국제문제연구소'를 통해 노벨상위원회에 서류가 제출됐다고 해요. 그 단체의 이름으로 작성된 노벨평화상 후보 추천서였지요.

— 혹시 제 짐작이 맞나요?

— 네, 후보는 수키 라임즈였습니다. 그런 것들이 모두 그녀를 향한 어마어마한 관심과 지지의 증거였지요. 이후의 평가와 결과가 어찌됐든 그녀는 우리의 '리틀 빅 히어로 운동'의 시작점이에요.

— 다시 질문 드릴게요. 당신이 제작한 동영상의 제목을 빌려 오겠습니다. 수키, 그녀는 누구인가요?

— ……글쎄요. 수키가 누구인지가 중요한 문제인가요? …… 우리 캠페인의 인사말로 대신하겠습니다.

어벤져스와 엑스맨은 마블과 디시, 그리고 할리우드에 산다. 할리우드는 대다수 사람들에겐 닿을 수 없는 먼 곳, 영웅은 언제나 멀리 있을 수밖에. 그러나 그날 지옥이 펼쳐졌을 때 영웅은 우리 곁에 있었다. 쉽게 다치고 언젠가 죽는 지극히 평범한 인간임에도 불구하고 수키는 온몸을 내던져 생명을 구했다. 우리는 한 소년과 소녀를 향한 희생에서 인류애와 마주했다. 모하메드 아슬람과 원딩이 있던 자리에 우리와 우리의 가족이 있을 수도 있었음을 기억하며 작지만 큰 영웅, 수키 라임즈에게 존경과 감사를 담아 찬사를 보낸다.

— 출처 : Little Big Hero 홈페이지(www.little-big-hero.org) 소개 글
자료 제공 : 캠페인 'Little Big Hero'

영웅이 사라진 시대에 새롭게 추앙된 '작지만 큰 영웅'은 정작 자신을 향한 지지와 환호를 알지 못했다. 시애틀 그레이스 병원에서 대뇌 좌측 측두엽에 박힌 총알을 제거하는 수술을 받은 후 그녀의 의식은 돌아오지 않았다. 애초에 출혈이 심했던

데다가 스무 시간 가까이 수술이 진행되는 동안 세 차례 심정지도 있었기 때문에 그녀가 눈뜰 확률은 지극히 낮았다. 그럼에도 세계는 한마음으로 기적이 일어나길 기도했다. 물론 미국과 유럽의 극우주의자들이나, 이슬람국가(IS, Islamic State)─혹은 다에시(Daesh)─와 알카에다 등 이슬람 무장단체들은 제외하도록 하자.

디몰 테러가 발생한 지 오십여 일이 지났을 무렵, 인류의 간절한 기원은 결국 응답받았다. 내내 가만히 있던 수키의 손끝이 조금씩 흔들렸고, 이내 오래 감겨 있던 눈꺼풀이 서서히 움직였다. 그녀가 눈을 떴을 때 병실에 모여 있던 사람들은 숨죽여 환호했다. 눈물을 흘리는 이들도, 신에게 감사를 올리는 이들도 있었다. 환호가 잦아들 즈음 수키가 힘겹게 입을 뗐다.

"······Mori, ······Upper."

디몰 테러의 생존자인 파키스탄 소년 모하메드 아슬람, 정확하게 소년의 부모는 「먼지 인간, 수키들」과의 만남을 거절했다.

관타나모 수용소에 수감되어 복역 중인 외로운 늑대 알리 무스타파 역시 인터뷰를 거부했다.

윤일주 나는 윤일주입니다. 나는 배우입니다. 나는 무명 배우입니다. 꿈을 향해 걸어간다는 것은 어쩌면 현실에서 오 센티미터 정도 붕 떠서 걷는 일인 것 같습니다. 원하는 곳에 도착한다는 희망으로 하루하루를 살아가는 것은 지나고 보니 늘 내일에 사는 일이었습니다.

지금의 나는 여전히 윤일주입니다. 더 이상 배우가 아니고, 그러니 무명 배우도 아닐 수밖에요. 사람들은 저를 수키 증후군 환자 윤일주로 부릅니다. 지금은 일 미터 정도 떠 있습니다. 그리하여 모두가 땅에 닿지 못하는 나를 지켜보지요. 그토록 원하던 시선이 내게 닿습니다.

싫습니다.

내 두 발이 땅에 닿는 순간은 영원한 소멸이겠지요. 그리하여 무無의 윤일주가 되겠지요. 결국 사라지겠지요.

레이첼 틸마 제이슨의 아내이자 베니의 엄마, 무엇보다 그 누구의 누구도 아닌 예술가 레이첼 틸마. 사물에 반사되는 빛을 따뜻한 시선으로 붙잡아 캔버스에 새겨 넣은 그녀의 그림은 여전히 오늘의 우리를 위로한다.

당신의 생은 짧았으나 또한 오랫동안 계속될 것이다.

4. 수키에 대해 우리가 말할 수 있는 것

인터뷰 5-1. 아프로 사라판(싱가포르 부킷판장, 수키 증후군 환자)

— 아프로 사라판 씨, 당신에 대해 말해 주세요.

— 어떤 것에서부터 시작해야 할까요? 제 얘길 해 본 적이 거의 없어서 어색하군요.

— 무엇이든요. 행복했던 기억을 들려주셔도 좋고, 화를 내도 좋고, 돌아가고 싶은 순간을 말해 주셔도, 울어도 좋아요.

— 그렇다면 할 말이 많네요. 그래도 당신이 저를 인터뷰하는 이유가 있으니 그에 맞춰야겠지요. 음……, 저는 시리아 알레포에서 태어났습니다. 왜 여기까지 오게 됐느냐고요? 고향을 떠나야 했던 건 내전 때문이었습니다. 저희 가족은 운 좋게도 교회의 도움을 받아 미국으로 떠날 수 있었어요. 어쩌다 싱가포르로 오게 됐지만. 어떤 아르메니아인들은 아르메니아, 진짜 고향으로 돌아가기도 했습니다. 내전이 계속되는 동안 내가 아는 시리아인들, 종교와 민족은 달랐습니다만 그중엔 친구도 있었지요. 그들은 제각기 레바논과 요르단, 터키와 이라크로 떠났어요. 더

멀리 유럽으로 향한 이들도 있었습니다. 모두 흩어졌네요.

저와 제 가족, 그리고 친구들이 기약 없이 떠돌게 된 건 모두 터키 때문이에요. 혹시 이것과 관련하여 아는 게 있나요?

— *죄송하지만 피상적이고 오래된 지식뿐이에요. 제1차 세계대전 당시 오스만튀르크에 의해 독립을 희망하던 수많은 아르메니아인들이 학살당했고, 또 시리아 사막으로 추방당하면서 그 과정에서 목숨을 잃은 이들이 많았다는 것, 제노사이드(Genocide), 그러니까 집단 학살이 명백함에도 터키 정부는 여전히 인정하고 있지 않다, 이 정도입니다.*

— ……맞아요. 그래도 아는군요. 기억과 공유는 사소한 것부터 시작하잖아요. 그러니 고마워요, 고맙습니다. 제가 겪은 일은 우리 아르메니아인들과 터키의 오랜 갈등의 결과라고 생각합니다. 다른 나라 사람들에게는 많이 알려지지 않았지요. 슬프게도 우리는 작고 약하니까요. 하지만 우리 아르메니아인들은 세계 곳곳에서 열심히 살아가고 있어요. 그것만은 확신할 수 있습니다.

— *지금은 어떤가요? 사라판 씨의 오늘 하루를 알고 싶어요.*

— 저는 지금 아랍어를 합니다. 터키어가 아닌 게 다행이지요. 우리 아르메니아인에게 행한 대학살로 인해 언젠가 터키는 큰 벌을 받을 겁니다. 그런데 감독님, 당신은 내가 두렵지 않나요?

— ……놀라지 않았다면 거짓말이고요. 그렇다고 마냥 두려운 것도 아니에요.

— 다들 제 눈을 보면 고개를 돌리지요. 무섭다고 우는 아이도 있었어요. 그게 아니면 알은체하며 다가와선 다 이해한다고 말하곤 했지요. 그런 사람들이 가장 먼저 곁에서 사라졌어요. 지금의 저는 타인을 이해한다는 말을 믿지 않습니다. 그런 인간이 됐군요. 그렇게 되어 버렸어요. 아, 이렇게 안대를 쓰지 않고 누군가와 마주 보고 있다니……. 오랜만에 찾아온 기적 같은 시간입니다. 그래도 전 축복받은 편이란 걸 알고 있어요. 신에게 감사합니다. **(오프 더 레코드)** 발병한 지 벌써 삼 년째인데 다행스럽게도 왼쪽 눈 하나만 사라졌잖습니까. 제가 신에게 무한한 감사를 올리는 이유이지요.

워싱턴주에서 최고로 손꼽히는 시애틀 그레이스 병원은 발 빠르게 움직이기 시작했다. 병원을 대표하는 각 분야 전문의들로 구성된 수키의 전담 의료진은 그녀의 증상과 관련하여, 먼저 발음이 부자연스러워 마치 외국인이 말하는 것 같은 인상을 주는 외국인 억양 증후군을 의심했다. 이 증후군은, 발병 원인은 불확실하지만 뇌졸중이나 다발성 경화증, 교통사고로 인한 두부 외상 등의 뇌 관련 질병과 상해, 심지어 편두통이나 감기, 치과 치료로도 발생할 수 있다고 알려져 있다. 그러나 수키에게서 확인되는 증상, 즉 삼십여 년간 사용해 온 모어인 영어를 알아듣지도, 말하지도 못하는 것은 이제까지 학계에 보고된 외국인 억양 증후군의 어떤 양상과도 일치하지 않았다. 외국어가 통째로 습득된 사례도 확인된 바 있으나 기존에 사용하던 언어를 잃고 대신 새로운 언어를 얻게 된 것은 당시로서는 이례적이었다.

(오프 더 레코드) 그때까지 외국인 억양 증후군의 증상으로 언어 전체의 교체 현상이 보고된 경우는 없었다. 하지만 이후 몇 차례 유사한 사례가 확인된 바 있는데 해당 사례 모두 수키 증후군으로 분류되지는 않는다. 수키 증후군으로 판명되기까지는 일정 시간이 소요된다. 분쟁과 갈등에 의한 사건과 사고를 경험했는가의 유무와, 앞서 언급했듯 공개되진 않았으나 수반되는 신체 먼지화의 여부를 확인한 후에야 정확한 진단을 내릴 수 있기 때문이다.

당혹감을 표하는 것 외에 어떤 판단이나 처방도 내릴 수 없던 의료진은 우선 알 수 없는 언어의 정체를 밝히기로 했다. A병동 5303호, 수키의 병실로 산부인과 레지던트 미나 스리니바산이 다급히 호출됐다. 인도 델리 출신의 그녀는 그러나, 수키와 마주한 후 고개를 저을 수밖에 없었다.

인터뷰 6-1. 미나 스리니바산(미국 캘리포니아주 오번, 당시 시애틀 그레이스 병원 근무)

— 수키 라임즈가 인도계라는 이유로 스리니바산 씨, 당신이 가장 먼저 그녀와의 통역에 투입됐던 것으로 알고 있어요. 수키가 의식을 찾았던 그날의 이야기를 들려주실 수 있나요?

— 그날이요? 그날이라……. 그곳에 모여 있던 사람들의 눈빛이 기대에서 실망으로 바뀌던 게 기억에 강렬하게 남아 있어요. ……이상하게도 그러네요.

시간이 꽤 흘렀지만 그때 제가 한 말을 분명하게 기억하고 있습니다. 저는 외쳤어요. 꽤나 떨리는 목소리로요. "이건 힌디어가 아니에요. 벵골어, 구자라티어, 타밀어, 네팔어, 펀잡어도 아니라고요. 나도 처음 듣는 말이라고요." 그 말을 내뱉고 곧장 수키 쪽으로 고개를 돌렸어요. 그녀의 두 눈에 눈물이 맺혀 있었어요. 공포에 사로잡힌 얼굴이었고요. 병원에서 일하면서 절망하는 사람들을 꽤 보게 되는데요. 아시잖아요, 병원이란 그런 곳이니까요. 최선을 다하지만 모두를 살릴 수는 없어요. 근데 그날은 더욱더 환자 얼굴을 마주하기가 쉽지 않더라고요. 저도 모르게 두 눈을 질끈 감았어요. 아니, 감을 수밖에 없었습니다.

인터뷰 7-1. 수잔 해밍턴(미국 워싱턴주 시애틀, 당시 시애틀 그레이스 병원 신경외과 과장)

— 수키 라임즈의 새로운 언어를 알아내는 데에 어려움이 많았다고 들었어요.

— 그땐 해프닝으로 마무리될 줄 알았어요. 솔직히 그러길 바랐다고 해야겠네요. 어쨌거나 그게 시작이었어요. 우리는 수키의 말이 힌디어가 아니라는 것에 실망했고, 인도에서 영어와 힌디어 말고도 이백여 개의 언어가 사용된다는 사실에 놀라움을 표했지요. 파키스탄, 방글라데시, 스리랑카, 네팔, 부탄 출신의 의료진과 직원들을 데려왔습니다만 모두 허사였어요. 심지어는 보트피플 환자까지 휠체어에 태워 데려왔는데 그녀도 수키와 대화할 수 없었지요. 로힝야족 난민이었어요. 불교 국가인 버마, 미얀마요. 그곳에서 무슬림이란 이유로 탄압당하는 소수민족이라더군요. 저도 그때 처음 알았어요. 아랍 상인의 후예라는 설도, 식민지 시대에 영국인에 의해 끌려온 인도 무슬림의 후예라는 설도 있는 사람들이요. 어쨌든 국제적으로 유명한 난민, 무슬림 말이에요. ……세상에, 수키 덕분에 세계사를 공부했다니까요.

— 현재 방글라데시 콕스바자르 난민촌 등에서도 수키 증후군 환자가 지속적으로 나오고 있더라고요. 수키 증후군이 단순한 배경 위에서 단일한 요인으로 인해 발생하는 것은 아니라고 봐요. 시간과 공간을 꽤 넓게 확장시킨 맥락에서 살펴봐야 한다고 생각해요.

— 동의해요. 한 인간을 이해하고자 한다면 다층적인 차원에서 접근할 필요가 있는 것 같아요. 그게 복잡하고 어려울지라도요. 어쨌거나 그때 수키의 새로운 말이 어떤 언어인지, 그것만이라도 빨리 알아차렸더라면 그녀가 조금은 덜 힘들었을 것 같아요. 당시 우리는 동쪽 창에서 볼 수 있던 해를 서쪽 창에서 다시 볼 때까지의 시간을 소요하고 나서야 수키의 말을 파악할 수 있었습니다. 'Mori Upper'가 병원 전체에 울려 퍼지고 나서야 한준의, 후에 수키 라임즈와 친구로 지냈던 그 한국인을 만날 수 있었거든요. 지금 생각하면 그 둘을 만나게 한 것이 제가 주치의로서 내린 처방 중 가장 적절한 게 아니었나 싶습니다. …… 안타깝게도, 미안하게도 그렇습니다.

『뉴욕타임스』와 『시애틀 포스트인텔리젠서』 등에 실린 기사와, 당시 수키의 주치의였던 수잔 해밍턴의 증언 등을 종합하여 두 사람의 첫 만남을 재구성해 보자. 그날의 테러로 골반과 다리에 골절상을 입고 C병동 402호에 장기 입원 중이던 한준의는 갑작스레 들려오는 한국어에 화들짝 놀랐다. 병실 내 스피커를 통해 들려오는 말은 곧 "왜 내 말을 못 알아듣는 거야?"라는 절규로 바뀌었다. 그녀는 주사를 놓으려는 간호사의 팔을 황급히 붙잡았다.

"한국어! 코리언, 코리언."

한준의는 즉각 A병동 5303호로 안내됐다. 병실의 문을 열자 빽빽하게 차 있던 긴장감이 거대한 파도처럼 밀려왔다. 한준의는 바삐 뛰는 심장을 부여잡았다. 요즈음 뉴스와 신문, 소셜 미디어에서 가장 유명한 사람, 수키가 있었다. 잠시 뒤 한준의의 눈이 휘둥그레졌다. 수키의 말은 바로 준의의 말이었고, 이에 두근거림은 곧장 당혹감으로 바뀌어 버렸다. 그러니까 짙은 구릿빛 얼굴을 한 미국인의 입에서 쏟아지는 한국어를 영어로 전달하는 것, 한영 통역이 자신에게 부여된 임무였다.

"머리 아파. 머리가 아프다요. 어떻게 된 일이야? 말해 줄 수 있겠니? 설명해 줘요."

한준의는 식은땀을 닦으며 입을 열었다.

"음, 쉬 헤드 식. 아니, 허 헤드 이즈 식? 쉬 이즈 갓 어 헤데이크? 이것도 아닌가? 제가 지금 좀, 많이 당황해서 영어로 말하기가 어려워요. 남편, 남편을 불러야겠어요."

영어와 한국어가 뒤섞인 한준의의 말에 의료진은 어리둥절한 표정으로 답을 대신해야 했다. 한준의는 얼굴을 잔뜩 찡그리고 검지로 관자놀이를 지그시 눌렀다. 그녀에게서 쏟아진 어색한 영어와, 보다 분명한 표정과 풍성한 몸짓을 종합한 결과, 마침내 의료진은 'Mori Upper'의 뜻을 알아낼 수 있었다. 갑자기 등장해야 했던 한국인의 영어 실력은 간단한 의사소통만 가능할 뿐 통역의 수준과는 거리가 먼 데다가, 시간이 지날수록 부담이 커졌는지 그녀마저 안정을 취해야 하는 상태에 놓이고 말았기에 더 이상 수키와의 대화를 진행하는 것은 불가능했다.

의료진은 서둘러 한국어가 가능한 직원을 수소문했고, 한국계 미국인 물리치료사 폴 리가 수키의 병실에 나타났다. 그는 자신에게 집중된 시선과 기대에 부담을 느낀 나머지 본격적으로 통역을 시작하기에 앞서 식은땀부터 흘려야 했다. "머리가 아프구나. 무슨 일이야. 집에 가고 싶다. 왜 내 말을 알아듣지 못하는 거니." 수키의 말을 더듬더듬 옮기던 폴 리는 잠시 멈춰야만 했다. 그녀의 흐느낌은 울분으로 변했고, 리는 울먹이며 마지막 말을 전했다. "내가 지금 무슨 말을 하는 거야? 내 말은 어디로 사라졌나요?" 병실 밖으로 나온 그는 한숨을 길게 내쉬며 말했다.

"제가 이민자 2세거든요. 저보다 한국어가 더 능숙해요. 뭐랄까, 문장 구사력이나 발음이 한국사람 같아요. 맞아요, 말하는 게 딱 한국에 사는 큰 이모 스타일인데……. 그럼 진짜 한국인인데……. 왜 있잖아요, 한국에서 태어나 자라고, 또 평생을 그곳에서 살았던 사람들이 구사하는 거. 맞아요, 저건 원어민의 것이에요."

인터뷰 6-2. 미나 스리니바산

— 인간에게 모어, 제1언어란 어떤 것일까요? 그리고 그것의

상실은 무엇을 의미할까요? 그에 대해 생각해 보신 적이 있나요?

— 음……, 제가 취미로 스쿠버 다이빙을 하거든요. 언젠가 바다에 들어갔는데 물고 있던 호흡기가 이상한 거예요. 숨을 들이켜면 산소 대신 물이 입 안으로 들어오는데 허둥지둥거리다가 겨우 비상 호흡기로 바꿔 물었어요.

— *비상용으로 달려 있는 노란색 호스요?*

— 맞아요, 그 노란색. 보통은 버디의 산소통이 비어서 내가 가진 산소를 나눠 줄 때 쓰는 거잖아요. 사실 사용할 일이 거의 없는 건데요. 말 그대로 비상 상황에 쓰는 거고, 그런 일은 쉽게 일어나지 않으니까요. 근데 다급하니까 그것도 생각이 나지 않더라고요. 어쨌거나 정신을 차리고는 시큰해진 기도를 천천히 달래고 있는데 수키의 얼굴이, 공포와 절망이 뒤섞여 있던 그날의 얼굴이 떠오르더군요. 수중 생물이 아닌 이상 보호 장비 없이 물속에 던져지면 죽어요. 반대로 수중 생물이 뭍으로 나와도 얼마 못 버티고요. 수키도 그러지 않았을까요? 자신에게 맞지 않는 환경에 무방비로 놓인 거예요.

— *생존의 문제라는 말씀인가요?*

— 고작 말이 통하지 않는 것뿐이라고 생각하는 사람들도 있겠지만, 전 수키가 생의 끝과 죽음의 시작 언저리에 발이 묶인 것과 다를 바 없었다고 봐요. 거기서 옴짝달싹할 수는 있겠지

만 어딜 갈 수는 없겠지요. 저도 그때 이러다 죽는 거 아닌가 싶었거든요. 찰나였지만 영겁이었어요. 생사의 기로에 놓인 적이 있기에 뒤늦게야 수키의 마음을 조금은 헤아려 볼 수 있었던 것 같아요. 그렇다 할지라도 제가 그 심정을 온전히 알 수는 없어요. ……전 겪어 보지 않았잖아요. 옆에서 지켜본 타인에 불과하니까요.

기적은 예상치 못한 세계로 수키와 사람들을 안내했다. 의료진은 대뇌, 특히 전두엽과 측두엽을 중심으로 기능성 자기 공명 영상촬영(f-MRI)과 양전자 방출 단층촬영(PEP)을 실시했다. 수키는 잠꼬대마저도 한국어로 하는 상황이었으나 뇌의 어떤 곳에서도 문제는 발견되지 않았고, 이에 의료진의 고민은 나날이 깊어져 갔다.

테러의 희생자, 그러나 기적적으로 살아난 생존자가 모어인 영어를 말하지도, 알아듣지도 못하고 그 대신 배운 적 없는 언어를 완벽하게 구사한다는 사실이 밝혀지자 미국 각지의 신경외과와 정신과 의사들이 시애틀 그레이스 병원으로 모여들었다. 신경외과 전문의들은, 이해는 하지만 표현이 안 되는 브로카 실어증(Broca's aphasia)도, 표현은 유창하나 실상 이해한 것은 아니고 말하는 내용도 정상적이지 않은 베르니케 실어증(Wernicke's aphasia)도 아니라는 것에는 동의했다. 하지만 이 전문가 집단 안에서는 사람이 걸터앉는 데에 사용하는 기구를 tʃer(chair) 대신 uija(의자)로 발음하는 것을 일종의 '명명 실어증'으로 볼 수 있지 않느냐는 의견과, 의자를 책상으로 말하는 것이 아니기에 그렇게 보기에는 무리가 있다는 의견이 팽팽하게 맞섰다. 그러다가 그렇다면 결국 외국인 억양 증후군의 새로운 유형이 아니겠냐는 쪽으로 입장이 정리되는 듯했다.

물론 이 모든 의견에 동의하지 않는 학자도 있었다. 오하이오 주립대학교 의대 신경외과 교수 게리 하워드는 시간 관계상 온라인 화상회의를 통해 자신의 견해를 밝혔는데, 그는 수키가 말을 잃은 것이 아니라는 데에 무게를 두고 그녀의 증상을 분석했다. 즉 밝혀지지 않은 요인에 의해 수키의 언어가 전면적으로 교체된 것이기에 해당 증상을 '언어 교체증(Language change syndrome)'으로 불러야 한다는 것이 그의 입장이었다. 그러나 대다수 정신과 전문의들이 외상 후 스트레스 장애를 걱정하며 무엇보다 약물과 심리치료를 통해 수키가 안정을 취할 수 있게 해야 함을 주장하면서, 그녀의 병리학적 상태에 관한 격론은 명확한 결론을 내리지 못한 채로 일단락됐다.

인터뷰 7-2. 수잔 해밍턴

— *그러니까 그때만 하더라도 정확한 진단이 나오지 않았던 거지요?*

— 병명 미상, 희귀한 케이스, 심도 깊은 연구가 필요한 대상, 이런 표현들 말고 그 상황을 설명할 수 있는 건 없었습니다. 맞아요, 어떤 의미에서 우리는 수키에 대해 침묵할 수밖에 없었습니다. 의사로서 정확한 진단을 내리는 것, 학자로서 병의 원인을 밝히는 것은 물론 중요합니다. 그러나 그보다 먼저 우리는 히포크라테스 선언을 한 의사입니다. "……나는 환자의 건강과 생명을 첫째로 생각하겠노라." ……겁에 질린 환자를 안정시키는 게 우선이었어요. 생각해 보세요, 총탄에 맞았고 어렵고 위험한 뇌수술을 받았는데, 거기에 눈을 떴더니 말을 잃었잖아요. 형언할 수 없을 충격과 가늠할 수 없을 트라우마로부터 그녀를 지켜야 했어요.

병원 밖에서도 수키는 단연 화제였다. 식당이나 술집의 한 테이블에서 작지만 큰 영웅에 관한 대화가 시작되면 옆 테이블 사람들까지 합세하여 이야기꽃을 피우는 것이 다반사였다. 온라인의 소셜 미디어와 각종 커뮤니티에서 누군가는 수키가 처한 문제적인 상황에 대해 전문가 못지않은 가설을 제시하기도 했다. 그 가운데는 프로이트가 말하는 '죄책감'을 들어 수키의 현 상태를 설명하는 의견도 있었다. 프로이트의 『문명 속의 불만』에 따르면, 문명이 사용하는 수단 중 하나인 양심은 인간이 공격 본능을 자신에게 향하게 하여 외부로의 표출을 막는

데, 이는 초자아가 자아의 본능을 감시 및 지배함으로써 생기
며, 이때 발생하는 긴장감이 죄책감이다. 수키의 언어가 바뀐
이유가 바로 스스로를 징벌한 죄책감 때문인데, 정복당한 도
시에 주둔한 점령군처럼 자아를 통제 및 감시하는 초자아는 쉽
게 떠나지 않기에 수키의 언어 교체 증상이 빠른 시일 내에 회
복되기는 어렵다는 것이 의견 제시자의 입장이었다. 이 밖에
도 수키가 한국어를 구사하는 것은 철저하게 심리적인 문제
로, 무슨 연유인지는 알 수 없으나 한국어와 관련된 과거의 기
억, 즉 한국어 구사자나 한국이 수키에게 있어 안심할 수 있고
안정을 취할 수 있는 일종의 안전지대로 작동했기 때문이라는
의견도 있었다. 이처럼 대부분 심리적인 차원에서 수키의 문
제를 보고 있었다.

　억측과 편견으로 뒤섞인 논리를 펼치는 이들도 있었다. 이
모든 일이 수키 라임즈가 충분한 미국인—그들이 말하는 '충분
한'의 기준은 알 수 없다—이 아니기에 일어났다는 주장이 바
로 그것이다. 미국에서 나고 자란 백인 부부에게 입양돼서 지
금까지 쭉 미국에서 자라 왔으나 그녀의 시작이 인도였고, 따
라서 모어는 영어가 아니라 인도어이며, 이 같은 한계로 인해
수키가 완벽한 미국인이 되기에는 충분치 않아서 일어난 일
이라는 것이었다. 꽤 많은 사람들이 이 의견에 동조했고, 이
에 아시안 아메리칸과 퍼시픽 아일랜더(Asian American and Pacific

Islanders)를 둘러싼 인종차별 논란이 일어나기도 했다.

세상이 수키로 인해 시끌벅적하던 때 정작 우리의 영웅이 자신의 뇌에서 벌어지고 있는 일을 알아채기까지는 가냘픈 눈썹달이 둥그런 보름달로 부풀어 오르기까지의 날들을 필요로 했다. 의료진과 당시 수키의 남자친구이자 보호자였던 마일로 하워드가 그녀가 받을 충격을 이유로 사실을 밝히길 머뭇거린 탓이었다.

수키 라임즈 설명해 주는 사람은 없었어요. 나도 상황이 심상치 않음을 알았지요. 대체 병명이 뭔지, 그보다 갑자기 왜 한국말을 하는지 나도 궁금했어요. 이런 일이 일어나게 된 이유나 원인은 몰라도 되니까 나을 수만 있으면 된다고 생각했어요. 어떤 치료를 받으면 되는지, 무엇보다 나을 수 있는지 알고 싶었어요. 하지만 당신도 알다시피 그 어떤 것도 내겐 주어지지 않았어요. 그때도, 지금도요. 영영 그럴까 봐서 나는 그게 불안해요. 저는 돌아갈 수 있을까요?

─ 출처 : 「News 24」 수키 라임즈 인터뷰
자료 제공 : France24

한국에서 발행되는 월간지 『All Around World』에 연재된 「수키의 고백」을 통해 수키는 디몰 테러 이후 변해 버린 일상과 그로 인해 느껴야만 했던 감정을 진솔하게 고백한 바 있다. 해당 에세이는 총 10회 연재를 목표로 시작했으나 마일로 하워드와 제시 킴이 허위사실 유포 및 명예훼손 등의 이유로 월간지와 수키를 상대로 잡지의 출판 금지 가처분 신청을 하면서 연재된 지 석 달 만에 중단됐다. 수키가 사라진 지금 이 에세이들은 수키 증후군과 그녀에 관한 이야기를 재구성하는 데에 있어 매우 중요한 자료이다.

다음은 수키가 직접 쓴 것으로 알려진 「수키의 고백」 1회의 전문이다.

일요일 정오 디몰은 사람들로 북적였다. 마일로에게 멕시칸 레스토랑에서 보자는 메시지를 보내고 벤치에 앉았다. C구역으로 이어지는 통로에서 사자와 표범, 기린과 코끼리가 나타났다. 기린이 사자를 향해 주먹을 들자 사자의 어깨가 움츠러들었다. 살기가 거세된 앙증맞은 표정의 표범과 압도적인 몸을 빼앗기고 어른의 머리통만 해진 코끼리가 장난을 치더니 어느 틈에 코끼리가 울기 시작했다. 은빛 늑대를 안고 있던 아이가 무리에 끼어들자 대열이 흐트러졌다.

그녀가 나타난 후로 모든 게 엉망이었다.

지난 주말 제시가 집으로 왔다. 그녀는 캐리어를 한쪽에 밀어두더니 자연스럽게 소파에 앉았다. 치렁치렁 늘어트린 귀걸이를 만지작거리며 다른 한 손으로 리모컨을 들고 채널을 돌리던 그녀가 드디어 움직임을 멈췄다. 그녀의 시선이 머무는 화면에는 늑대들이 있었다. 늑대는 일부일처제를 지키는데, 무리의 유일한 수컷에게 선택받지 못한 암컷은 무리에서 이탈하는 대신 어미와 공동 육아를 한다는 내레이션이 흘러 나왔다.

어느새 제시는 졸고 있었다. 나는 그녀를 향해 조심스레 다가갔다. 소파 앞에 다다랐을 때 제시가 한쪽으로 쓰러졌고 옷에 가려졌던 둥근 배가 눈에 띄었다. 우리가 여기까지 온 것은 제시 때문만은 아니었다. 그를 만나기 전부터 나는 아이를 가질 수 없었다. 의사는 선천적으로 유산이 잘 되는 자궁이라며 더 이상의 시도는 회복이 불가능할 정도로 몸을 망가트릴 거라고 경고하기도 했다.

늑대처럼, 그래 늑대처럼.

주문처럼 되뇌었다. 마음 한편에선 펍의 여자는 언제라도 아이를 버리고 떠날 게 분명하다고, 어쩌면 육아의 보조자가 아니라 아이를 가질 수도 있다는 기대마저 피어났다.

디몰에 들어온 지 두 시간이 지났다. 마일로는 답이 없었다. 우리가 대화를 나눈 게 언제였던가를 헤아렸다. 생각에 생각을 더할수록 그의 목소리가 기억나지 않는다는 사실만이 머릿속을 잠식했다.

마음은 이미 달아났고, 마음은 여전히 기다린다.

그날 내가 본 마지막 장면, 이상행동을 보이는 암컷 늑대가 다른 암컷에게 물어뜯기는 것을 건조하게 담았던 다큐멘터리를 생각하다가 그게 싫어 걷기 시작했다. 그러다 D구역의 모퉁이 가게로 들어갔다. 그곳을 가득 채운 액세서리들은 조명을 받아 한층 더 반짝거리는 듯했고 나는 실버 뱅글 서너 개를 팔에 끼워 봤다. 뱅글끼리 부딪쳐 쨍그랑 소리가 났고 곧 탕, 탕, 탕 소리와 함께 비명과 울부짖음이, 공포와 절망에 잠식당한 절규가 몰을 가득 채웠다.

그날 이후 나는 집으로 돌아가지 못했다.

＊『All Around World』 창간 기념 독점 공개! 「수키의 고백」 두 번째 이야기는 다음 호에 이어집니다.

— 출처 : 『All Around World』 1호 「수키의 고백」-1

자료 제공 : All Around World

피터 베렌버그 난 평범한 회사원이었어. 정해진 시간에 일어나서 출근하고 하루 종일 서류의 숫자들을 확인하고 퇴근 후 맥주 한 캔을 마시고 잠에 들었지. 말을 잃고 난 쓸모없는 인간이 됐어. 이제는 한 줌씩 사라지고 있군.

내가 나로 남아 있는 지금 사라지려고 해.

다음 생이 있다면 그땐 처음부터 끝까지 평범하고 싶어. 완벽하게 평범한 삶 말이야.

아브드 엘아지즈 퇴근 후엔 뒷골목을 거닐며 사람들과 그들의 삶을 기록했다. 볕이 좋던 어느 날이었다. 그가 사랑하는 아내와 딸의 단란한 미소를 한 장의 사진으로 붙든 지 십여 분 후 도심 한복판에서 폭탄이 터졌다. 그날의 테러로 인해 모든 것이 달라졌다. 아브드의 사랑들은 눈을 감았고, 그는 더 이상 사진을 찍지 않았으며 대신 낯선 언어로 사랑들을 불러야만 했다. 그가 먼지로 사라져 가던 모든 순간들에 미련이 스며들었다. 사랑을 보내지 못해서 쌓여만 갔던 그리움이었다.

5. 21세기의 나지오

　수키를 향한 관심은 저변을 넓혀 언어학계로까지 확장됐다. 미국과 한국의 언어학자들이 연구원으로 참여한 프로젝트 '수키를 찾아서'가 시작된 것이다. 수키의 상황을 전반적으로 고려할 때 미국 연구원들이 전면에 나설 수 없었고, 이에 주요한 기회는 한국 연구원들에게 주어졌다. 이 때문에 학계에서 변방이라 할 수 있는 한국에서 온 연구원들은 수키가 한국어를 사용한다는 것에 묘한 자부심과 더불어 고마움을 느끼기도 했다. 한국어가 세계의 주요 언어가 될 수 있다는 희망을 갖는 이도 있었다고 한다.

　이미 공인 기관에 의해 작성된 보고서의 내용을 숙지하고 있었음에도 수키와 처음 대면한 순간 프로젝트 연구원들은 놀라움을 감출 수가 없었다. 수키의 한국어 구사력은 원어민과 다를 바 없었고, 그들의 예상을 뛰어넘는 한국어 실력에 팀 내부에 긴장감이 감돌았다.

　연구원들은 가장 먼저 수키의 발화 양상부터 확인했다. 또래의 한국인들이 경음화시키는 단어들, 예를 들어 김밥을 '김빱'으로, 효과를 '효꽈'로 발음하는 것과 달리 수키는 '밥'과 '과'를 정확하게 평음으로 발음했다. 그렇다고 '김빱'이나 '효꽈'로 발음할 수 없는 것도 아니었는데, 이에 연구원들은 그녀가 무의식적으로 한국어의 원칙에 맞는 발음을 구사하고 있다고 추론했다. 더불어 영어권 화자가 한국어를 발화할 때 평음과 경음, 그리고 격음을 구별 및 인식하지 못해 가, 까, 카를 혼동한다는 것을 고려할 때, 이는 주목할 만한 특징이었다.

대개 영어권 화자는 모음 앞 ㅅ을 ㅆ으로 발음하여 사랑을 '싸랑'으로, ㅓ를 ㅗ처럼 발음하여 서서를 '소소'라고 하지만 수키는 '사랑'과 '서서'를 정확하게 말했다. ㄹ이 연달아 나올 때 하나의 ㄹ을 생략하여 '다라고(달라고)'로, 또 ㄴ이 연달아 나올 때 ㄴ 하나를 생략하여 '아녕(안녕)'으로 발음하는 법도 없었다. 점심의 ㅈ과 체조의 ㅊ을 'ʤ'와 'ʧ'로 말하는 영어권 화자들과는 달리 그 역시 한국식으로 발화하는 양상을 보였다. 이처럼 영어권 화자들이 한국어를 발화할 때 주로 범하는 발음상의 오류를 수키에게서 확인할 수 없다는 것을 두고 인류가 처음으로 마주한 이 증상이 언어의 교체보다는, 어쩌면 내재되어 있었으나 발현되지 않았던 언어의 복원에 가깝다는 증거라고 생각하는 연구원도 있었다. 물론 복원의 메커니즘은 알 수 없지만 말이다.

인터뷰 8-1. 최은애(한국 서울, 한국학중앙연구원 한국학대학원 국어학과 교수, 당시 '수키를 찾아서' 수석 연구원)

— 수키 라임즈가 구사하던 한국어 중 특이한 게 있었지요? '나지오'이던가요?

— 다시 들으니 기분이 이상하네요. 맞습니다, 나지오. 저희 연구팀은 수키의 말 가운데 '나지오'에 주목했습니다. 이것은 20세기 초 경성京城, 즉 지금의 서울에서 통용된 단어로 라디오를 의미하는데요, 수키가 라디오를 '나지오'로 발음하는 것은 영어권 화자가 한순간 한국어를 할 수 있는 것만큼이나 의아한 일이었어요. 환생 말고는 설명할 길이 없다고 말하는 연구원이 있을 정도였지요. 물론 연구자로서는 적절치 않은 발언이었으나 수키에게 일어난 일 가운데 논리적으로 설명할 수 있는 게 없었으니 그 심정도 이해는 됩니다.

— 영유아기에 외국어를 배운 적이 있다면 한참 동안 사용하지 않더라도 다시 능숙하게 할 수 있지 않나요? 물론 어느 정도 훈련이 필요하겠지만요. 수키의 경우, 통역을 담당하던 사람들, 또 프로젝트 연구원들과도 계속 만났잖아요. 그게 그녀에게 과거에 습득했던, 하지만 숨어 있던 언어를 다시 꺼내어 사용할 수 있게 하는, 일종의 훈련 과정으로 작용한 것은 아닐까요?

— 어려서부터 배우고 계속 사용할 수 있는 환경에 있었다면 외국인이라도 한국어를 능숙하게 구사할 수 있겠지요. 하지만

수키에게는 지속적인 노출뿐만 아니라 한국어를 습득하게 된 시작점이 없었어요. 정확하게 표현하자면 알 수 없었습니다. 당시 우리는 그녀가 한국어에 노출된 적이 있었음을 증명하는 자료를 찾지 못했거든요. 그럼에도 복원의 개념, 습득과 망각의 과정을 거친 언어가 우연과 미지의 여울목을 거쳐 복원됐을 수 있다는 가능성을 가지고 접근할 수밖에 없었어요. 수키에게서 일어난 일이 알 수 없는 힘에 의해 이식되거나 교체된 게 아니라면, 그러니까 무의식의 차원에서 일어난 복원에 의한 결과로 보는 것 말고는 달리 해석할 여지가 없었습니다. 그게 논리적으로 설명되진 않지만 저희 연구팀이 복원의 차원으로 접근하는 것을 포기하지 못한 이유입니다. 나지오가 가장 핵심적인 근거였지요.

수키는 한글 자음과 모음을 정확하게 알았고 대략 사천 자 내외의 단어를 자유롭게 구사했다. 문법의 경우, 초반에는 칠십 퍼센트 정도의 정확도를 보였는데, "이번 일은 당국에서 책임이 더 크다고 생각해요."라는 발화에서 볼 수 있듯 조사 '의'를 써야 할 때 '에서'를 사용하는 미흡함을 보였으나 받침 유무에 따라 다르게 붙는 조사 '이/가'와 '은/는'은 정확하게 사용했다. 이를 근거로 연구원들은 수키가 무의식적으로 한국어 체계에 적합한 조사를 선택하여 구사한다고 판단했다. 과거, 현재, 미래의 시제 사용에는 능숙하게 대응했고, 특히 경어법 사용은 거의 완벽에 가까웠는데, 연구원 정상훈은 이후 『뉴욕타임스』와의 인터뷰에서 프로젝트에 참여한 소감을 밝히며 수키가 오렌지 주스를 내밀면서 "드시겠어요?"라고 말했을 때 눈물을 쏟을 뻔했다고 말하기도 했다.

수키의 발화에서 드러나는 오류는 대개 한국어를 모어로 하는 화자들도 일반적으로 범하는 실수들, 예를 들어 두 문장 이상이 결합된 복문 구사 시 주어와 목적어, 그리고 서술어 호응이 부자연스러운 것에 불과했다. 또 일부 인터뷰 영상에서 확인할 수 있는 발화들, 예를 들어 "먹었다요."에서 볼 수 있듯 종결어미 '-다'와 '-요'를 함께 사용하기도 했는데, 이는 유아의 문장 발화 초기에 흔히 보이는 현상으로 연구원들과 나눈 대화의 횟수와 양이 쌓여 가면서 자연스럽게 다듬어졌다.

연구원들은 바로 이 점에 주목했다. 한국인과의 대화를 통해 수키의 한국어는 점점 자연스럽고 정교하게 교정됐다. "날이 추워서 시원한 음료가 마실 필요를 없지 않겠어요."가 얼마간의 대화 후 자연스레 "날이 추워서 시원한 음료를 마실 필요가 없겠어요."로 변화하는 것을 지켜본 최은애는 이에 근거하여 복원의 개념으로 접근해야 한다고 주장했다. 수키에게 잠재되어 있던 한국어가 한국어 구사자와의 접촉을 통해 다듬어진다는 것이었다. 하지만 복원으로 설명하기 위해서는 전제 조건으로 원본이 있어야 했으므로, 수키가 어떻게 한국어를 습득하게 됐는지를 설명하지 못하는 이상 반쪽짜리 의견에 불과했다.

연구원 중 일부는 시선 추적 기법(Eye-tracking)으로 수키의 읽기 능력을 확인하기도 했다. 시선 추적 장비를 이용하여 그녀가 글을 읽을 때 눈동자의 움직임을 좇아 주의를 기울인 부분, 그리고 고정·도약·회귀·흐름 등의 읽기 과정을 확인했다. 그 결과 수키는 한국어를 모어로 하는 집단의 평균치와 비슷한 읽기 능력을 보였다. 물론 취약한 부분도 있었다. 바로 쓰기 영역이었는데 그녀는 한글 자모를 읽고 쓸 줄 알았으나 문장으로 자신의 생각을 표출해야 할 때는 종종 난색을 표했다. 그러나 언어권을 불문하고 많은 사람들이 글쓰기에 어려움을 겪기에 수키만의 독특한 특성으로 볼 수는 없었다. 글에 비해 말이 유려한 것으로 보아 음성 환경에 더 많은 영향을 받았을 것으로 추정됐으나, 역시 그 환경에 대해서는 상상에 근거한 추측 말고는 할 수 있는 게 없었다.

연구원 김수경은 수키가 어린 시절 입양됐다는 점에 주목했다. 그녀는 수키의 모어가 영어이기는 해도 혹시 모를 가능성을 배제할 수 없다며 인도에서 사용되는 언어들, 특히 타밀어와의 비교 연구가 필요하다고 주장했다. 타밀어는 인도 남부 지역과 스리랑카, 싱가포르, 인도네시아, 말레이시아, 그리고 모리셔스와 남아프리카공화국 일부 지역에서 사용되는 언어인데, 알려진 바대로 한국어 '엄마'와 '아빠'는 타밀어로 엄마와 아빠를 가리키는 'amma'와 'appa'와 유사한 편이다. 이처럼 두 언어에서 소리와 의미가 유사한 어휘나 문법 범주를 찾을 수 있는 것은 사실이나, 이는 지엽적인 측면의 비교에 불과했다. 그랬기에 두 언어를 비교하는 것이 유사 언어학자들의 광기로 치부되기도 했고, 연구원 김수경의 주장은 힘을 잃었다. 무엇보다 수키의 고향인 웨스트벵골주의 볼뿌르는 거대한 인도 아대륙의 북동부에 위치해 있었기에 타밀어가 주로 사용되는 남부 지역과는 거리상 멀리 떨어져 있었다. 앞서 시애틀 그레이스 병원의 미나 스리니바산을 통해 확인할 수 있었듯 인도에는 매우 많은 언어들이 있고, 한국과 인도에게 있어 서로의 언어는 비교 연구를 할 만큼 중요하지 않았다. 한국어와 인도어의 유사성 및 역사적 접점을 연구하는 것은 사막의 모래밭에서 머리카락 한 올 찾기와 비슷했기에 힘을 얻지 못한 의견이었다.

몇 달 후 프로젝트 '수키를 찾아서'는 다음과 같은 결론을 내렸다. "우리는 수키에 대해 어떤 설명도 할 수 없다. 한 인간의 언어가 알 수 없는 요인에 의해 교체된 전대미문의 사건은 학자로서 더 치열하게 연구하고 고민할 것을 다짐하게 한다. 우리는 인류에게 주어진 미증유하며 불가해한 과제를 풀기 위해 계속 나아갈 것이다."

인터뷰 8-2. 최은애

— 프로젝트를 마친 후에야 수키의 주변에 가장 유력한 한국어 접점, 즉 습득의 계기가 됐을 것으로 추정되는 인물이 있었다는 게 밝혀졌어요.

— 네, 한국계 미국인 제시 킴이요. 그러나 그녀는 이민 3세대로, 그녀의 한국어는 서너 살 가량의 아이 수준에 불과해서 수키의 놀라운 한국어 구사 능력에 대해 충분히 설명할 수 없었습니다. 동질적이지 않으며 다양한 언어 변이가 일어나는 세상에서 랑그(Langue)에 대한 수키의 파롤(Parole)은 그 폭이 과하게, 또 전혀 예측하지 못한 방향과 규모로 발현됐다, 그런 원론적인 답변을 내놓는 수밖에 없었어요. 언어학계와 의학계가 공동 연구를 통해 밝혀내야겠지요. 네, 통섭이요. 수키는 시대가 필요로 하는 귀한 학문 자원이기도 했습니다.

— (오프 더 레코드) 이번엔 답변하기 어려우실 수 있는 질문을 드릴게요.

— ……아, 그 문제요?

— 교수님께서도 수키 증후군 환자들의 먼지화 증상에 대해 알고 계시나요?

— 신체 일부가 사라진다는 게 정말 사실인가요? 믿기 어려워요. 근데 항간에 떠도는 그 소문의 사실 여부를 공식적으로 밝히는 일이 그렇게 중요한가 싶기도 해요. 제 말은 가장 우선

시할 일은 아니라는 겁니다. ……전 이렇게 생각해요. 어쩌면 타의에 의해 언어가 달라진 순간 수키는 이미 사망한 것일 수도 있어요. 그러니까 신체적 사망에 앞선 사회적 사망인 거지요. 제1언어의 교체로 인해 많은 것이 바뀌었고, 무엇보다 유일한 것을 빼앗겼으니까요. ……방금 발언은 오프 더 레코드입니다. 어쨌거나 수키 증후군 환자들이 먼지로 변하는 것에 관해선 알려진 바 없으니까요.

    ……사실무근이잖아요, 공식적으로.

니얼 매킨 이럴 줄 알았으면 계속 방에 처박혀 게임이나 할 걸 그랬어요. 뭐, 그래도 괜찮아요. 언어 설정을 바꾸면 되잖아요. 그럼 난 전처럼 계속 게임 속 세상에 머물 수 있으니까요. 그런데 가끔 엄마와 파이, 제 동생이요, 그 애와 얘길 하고 싶을 때가 있어요. 제가 뭐라고 말해도 바로 알아들을 수 없으니까 동영상을 남겨 둬요. 누군가 번역을 하고 자막을 달아 주면 엄마도 파이도 제 마음을 조금은 알 수 있을 거예요.

그랬으면 좋겠어요.

하나 무라오카 온순하지만 고집이 있었고, 그리하여 묵묵히 제 길을 걸어가던 사람. 달변가는 아니었으나 그가 들려준 무뚝뚝한 말들은 언제나 위로와 용기가 됐다. 너는 떠났지만 너의 말은 남아 우리의 오늘과 내일에 함께할 것이다.

6. 잃어버린 것과 얻게 된 것

인터뷰 9-1. 보나 에버라드 & 엘레나 에버라드(캐나다 앨버타 주 세인트앨버트, 수키 증후군 환자와 엄마)

— (보나) 이거요, 원래 내 티셔츠였어요. 근데 오늘 아침에 오빠가 무즈, 제 인형 이름이에요, 무즈 옷으로 변신시켜 줬어요. 어때요? 무즈에게 어울려요?

— *그러네요. 무즈에게 잘 어울려요, 보나, 지금도 터키 말을 할 수 있어요?*

— (보나) 조금, 아주 조금. 많이 기억나진 않아요. 무즈(muz)는 기억해요! 바나나거든요. 무즈가 무즈인 이유는 바나나를 좋아하기 때문이에요. 어, 비 온다. 시오, 나는 비 오는 걸 좋아해요. 비가 내리고 강이 되고 바다가 되고 수증기가 되고 구름이 되고 다시 비가 되는 거, 이렇게 다시 내리는 거, 그거 마음에 들어요.

— (엘레나) 보나가 책에서 읽고 말해 줬는데 물질의 총량은 변하지 않는다고 해요. 강이 비가 되고, 구름이 바다가 되듯 보

나는 자신에게서 멀어지는 것들이 어딘가에서 무언가로 변해 있을 거라고 믿어요.

그 믿음처럼 보나의 일부가 어딘가에 있을까요? 그랬으면, 그러기라도 했으면 좋겠어요.

수키 증후군은 연령에 관계없이 발현됐다. 2019년 당시 다섯 살이었던 보나 에버라드는 집 근처 공원에서 친구의 가족들과 산책을 하던 중 조준 사격을 당했고, 이후 터키어를 구사하게 됐다. 사건 발생 여섯 시간 후 자택에서 붙잡힌 범인은 보나가 백인과 아시아인의 혼혈이라는 이유로 총을 쐈다고 자백했다. 이후 보나의 가족은 미국을 떠나 캐나다로 이주했고, 그곳에서 새로운 삶을 시작했다.

보나 에버라드의 경우 모어인 영어로의 복귀가 빠른 편이었는데, 이는 그녀가 언어 발달의 결정적 시기를 보내고 있었기에 가능한 일이었다. 모어 습득을 위해 많은 시간과 노력을 들였음에도 대다수의 성인 환자들은 발음이나 억양, 어휘나 문법 등 모든 영역에서 전과 같은 수준으로 회복할 수 없었다. 성인기에 외국어를 배울 때 겪어야 하는 어려움을 동일하게 경험해야만 했던 것이다.

수키 역시 예외는 아니었다. 그랬기에 그녀가 집으로 돌아가지 못한 이후의 이야기는 누구도 감히 예상하지 못한 방향으로 흘러갔다. 한국어를 완벽하게 구사한다는 사실이 밝혀진 후 태평양 건너 한국에서 수키의 인기는 점점 치솟았다. 한국인들은 그녀를 평화의 상징 비둘기에서 착안한 애칭 '구구 수키'로 부르며 격려의 메시지를 보내기도 했다. 한국의 여러 방송 매체가 수키를 만났는데 그중 한 프로그램과 인터뷰한 내용을 보자.

A : 인터뷰어, B : 수키 라임즈

A : 한국인들은 영어를 배울 때 전치사를 어려워하거든요. 인과 온, 투와 포 같은 거요. 네이티브 스피커에게는 자연스러운 거지만 생각보다 어려워요. 한국어의 경우는 조사인데요. 그런 점에서 당신의 한국어 능력은 놀라워요.

B : 네이스, 뭐?

A : ……네이티브 스피커요.

B : 네이티브가 뭐예요?

A : ……아, 원어민이요.

B : 아, 원어민……. 그게 네이티브 스……, 뭐 그거군요.

A : 당신은 조사 은과 는, 이와 가를 정말 자연스럽게 사용해요. 봐요, 방금도 네이티브에 '가'를 썼잖아요. 한국어를 배우는 외국인들이 어려워하는 것 중에 하나가 적절한 조사 선택이라고 해요. 그런데 그걸 고민하지 않고 정확하게 구사하는 건 감각적이라고밖에 설명할 수 없지 않을까요?

B : 무슨 말을 하는지 다 알아들었습니다. 근데 무슨 뜻인지 이해되진 않아요. 전 조사가 뭔지 몰라요. 은, 는, 이, 가…… 그게 다 뭔가요?

출처 : 「구구 수키를 만나다」 수키 라임즈 인터뷰
자료 제공 : SBS

「수키의 고백」 세 번째 이야기에 따르면, 해당 인터뷰 말미에 인터뷰어는 한국에서 수키를 부르는 이름이 따로 있다는 말과 함께 선물 꾸러미를 건넸다. 한글로 '숙희'가 새겨진 흰색 티셔츠와 검정색 볼캡이었다. 인터뷰어가 떠나고 수키는 숙희들을 구석으로 밀어 뒀다. 어느 날 갑자기 수키를 설명하게 된 '영웅'과 '희귀한'과 같은 표현들로 인해 그녀는 피로했고 두려웠으며, 무엇보다 외로웠다. 그나마 할 줄 아는 영어도 발음 때문에 고전을 면치 못했다. "무슨 말씀을 하는지 모르겠습니다."만 말할 줄 알던 아이폰의 시리가 수키의 요청 사항들, 예를 들어 "구글 번역기를 찾아 줘." 같은 말들을 이해하고 실행하기 시작한 것은 수키가 '설정'에 들어가서 사용 언어를 한국어로 변경한 이후부터였다.

인터뷰 2-2. 홍나경

— 다른 수키 증후군 환자들과 비교해 볼 때 어머니 김봉혜

씨가 해당 언어에 노출된 시간은 상대적으로 짧았던 것으로 알고 있습니다. 맞나요?

— 그렇죠, 인천에서 출발해서 미국으로 가는 비행기였으니까 경유 시간을 포함해서 스무 시간쯤이었을 거예요. 다른 사람들이 몇 달 몇 년에 걸쳐 뒤바뀐 언어를 접촉했던 것과는 차이가 있어요. 엄마 옆 좌석에 앉은 사람들이 벨라즈 출신 미국인들이었어요. 가는 내내 벨라즈 크레올로 대화했고요. 그냥 완벽한 미국인이었으면 얼마나 좋았겠어요. 제 말은……, 오해하지 마세요. 전 사대주의자가 아니에요. 단지 너무 낯선 언어였고, 그래서 많이 버거웠거든요. 모두가요.

구글 번역기도, 네이버 파파고도 벨라즈 크레올과 한국어를 즉시 바꾸질 못해요. 기술은 더 발전해야 한다고 봐요, 정말. 저희 엄마는 돌아가셨지만 수키 증후군 환자들은 계속해서 나오고 있으니까요. 언제든지 나의 일이 될 수 있는 거잖아요. ……엄마가 이런 메모를 남긴 적이 있어요. 물론 그걸 이해하기 위해선 번역해 주시는 분들의 도움이 있어야 했고요.

— *김봉혜 씨가 생전에 남기신 메모를 볼 수 있을까요? 공개해 주실 수 있나요?*

……명백하게 나는 혼자이다.

말을 할 수 있으나 이것은 할 수 없는 것과 다르지 않고, 그래서 꽤나 깊은 외로움이다. 혼자 걸어야 하는 길은, 언제나 두려웠다. 나를 더 무섭게 하는 것은 마음을 나눌 이가 없다는 사실이다.

서글프게 나는 홀로 있다.

나는 어찌 할 수 없는 거대한 웅덩이 앞에 주저앉아 두려움에 떨고 있고, 이런 내게는 나를 일으켜 세워 주고 함께 걸어 줄 이가 필요하다. 그러나 간절한 갈구 끝에 내가 쥐고 있는 것은 오직 비참함뿐이다.

말을 잃은 나는 명백하게도, 서글프게도 나뿐이다.

— 출처 : 김봉혜가 홍나경에게 남긴 메모
자료 제공 : 홍나경

수키의 병실을 찾아오는 마일로 하워드는 어째서인지 올 때마다 매번 회사에 급한 일이 생겼다며 서둘러 떠나곤 했다. 그럴 때면 수키는 통역을 밖으로 내보내고는 조용히 중얼거려야만 했다. 워터, 워러, 버터, 버러. 물은 water, 버터는 butter를 배운 수키가 워터라고 말하면 하워드는 조용히 그녀의 발음을 교정하며 냉장고에서 물을 꺼냈다. 그날도 쨈과 뻐터를 달라는 수키에게 그는 자신의 발음을 강조하며 버터를 건네줬다. 그가 지친 얼굴을 할 때마다 수키는 고개를 숙여야만 했다. 시애틀시와 디폴 관계자는 적지 않은 비용을 지불하여 한국어 통

역 인력을 투입했다. 세 명의 통역들은 스물네 시간 수키를 지
켜보며 그녀가 사용하는 한국어를 확인하고 또 의사소통에 불
편함이 없도록 도와주고 있었으나 한계는 금세, 그리고 명확
하게 찾아왔다. 화용話用은 내밀하게 작동한다. 통역과 번역기
가 있다 한들 사람과 사람이 무심한 듯 섬세하게 쌓아 올린 시
간과, 둘 사이를 떠도는 미묘한 감정까지 전할 수는 없었다.
두 사람의 관계와, 그들의 대화가 진행되는 맥락은 타인이 헤
아리기 어려운 영역의 일이었다.

　수키는 아린 코끝을 매만졌다. 서로 다른 언어를 쓰기 전부터
그들은 이미 끝난 사이였다. 앞으로 마일로는 마일로 주니어의
기저귀를 갈며 밤과 주말을 보낼 테고 곁에는 제시가 있겠지.
머릿속에서 그런 장면이 그려지자마자 수키는 장미 더미에 묶
여 날카로운 가시에 찔린 것만 같았다. 형체를 알 수 없는 소리
덩어리가 검은 머리와 검은 눈동자를 한 이들의 입을 통해 모
양을 갖춘 빵처럼 빚어질 때마다 수키는, 확고한 무신론자였
으나 그럼에도 알 수 없는 누군가를 향해 간절히 기도했다.

　시간을 되돌릴 수 있다면.
　말이 바뀌기 전으로 돌아갈 수 있다면.

　최첨단 시설에서 최고의 의료진에게 받는 최상의 치료는 필

요하지 않았다. 모어를 잃은 것은 말 자체를 잃은 것과 다를 바 없었고, 이는 이제까지 이곳에서 같은 언어를 사용하며 쌓아 온 관계들에게서 버려짐을 의미했다. 교체는 제3자의 언어, 타인이 사용할 수 있는 표현에 불과할 뿐 당사자에게는 상실이었다. 수키가 무엇을 할 수 있었겠는가. 한 발자국 너머에서 자신을 기다리고 있는 것의 정체를 모르는데 어떻게 나아갈 방향을 정하고 계획을 세울 수 있었겠는가. 그녀에게 내일이란 결코 넘길 수 없는 페이지였기에 매일이 오늘인 날들이 계속되고 있었다. 그 버팀의 시간을 기록한 「수키의 고백」 두 번째 편은 다음과 같은 내용으로 끝난다.

"이미 달아난 마음이 여전히 기다리는 마음 옆에 머무르고 있었다. 그 마음들이 만나서 엮어 가는 서사는 전과 결이 다를 수밖에 없었다. 마음을 놓치고 만 마음은 언젠가 본 한 마리의 늑대를 떠올렸다. 결국 선택받지 못한 늑대만이 홀로 남았고, 그대로 주저앉았다. 고개를 들어 주위를 둘러봤을 땐 초원을 함께 달리던 이들은 사라진 후였다. 그곳은 동물원의 차가운 철창 안이었다."

그날 이후 나는 모어인 한국어 대신 여름의 말을 한다. 전 세계에서 천육백팔십칠 번째, 한국에서 일곱 번째로 보고된 수키 증후군 환자이다. 여름의 나라에서는 남부 지역에서 발생한 정부군과 반군의 교전에서 모어를 잃고 인근 국가의 말을 하게 된 환자가 나온 후 총 열다섯 건의 케이스가 보고됐는데 거기에 나는 포함되지 않는다. 자국민이 아니라는 이유로 그 집계에서 제외되지 않았다면 첫 번째 케이스로 기록됐을 것이다.

어디의 몇 번째인가는 내게 중요하지 않다. 예수의 탄생을 기준으로 하는 서기(Anno Domini)를 대신해 내가 머물렀던 여름의 나라에서는 부처가 입멸한 때를 원년으로 삼는 불기佛紀로 세월을 셈했다. 서기나 불기로 계산되는 시간의 흐름 같은 것은 내게 의미를 잃은 지 오래이다. 예수가 태어난 지 2021년 되는 해는 부처가 열반한 지 2564년 혹은 2565년 되는 해이기도 했으나 내 세상은 그해 동지冬至를 기점으로 나뉠 뿐이다.

그리하여 오늘은 그저 오직 그해 동지 이후 477일이다.

> — 출처 : 「겨울의 지점(Merry winter solstice)」
> 자료 제공 : 이하리

살바도르 이야 타인에겐 너그럽게, 나에겐 냉정하게. 그게 삶의 지향점이었던 때가 있었지. 그런데 이렇게 되고 나니까 스스로에게 냉정했던 시간들이, 나를 재촉하고 다그치고 비난했던 일들이 후회되면서 내게 미안해지더라고. 얼마 남지 않은 시간 그러지 않으려고 해. 괴물 같은 나를 나라도 아끼고 사랑해야 할 것 같아서. 왜 자꾸 스스로를 괴물이라 폄하하느냐고? 먼지가 된다는 건 오늘날의 상식으로는 기이한 괴물의 범주에 들어가니까. 나는 괴물이지만 괴물로서 생을 끝내고 싶진 않아.

누엔 반두언 바게트를 굽고 반미를 만들어 팔았다. 그의 손을 거친 샌드위치가 늘어날수록 아이들은 자라났다. 사거리 모퉁이에서 매일 열리던 작은 노점은 이제 굳게 닫혔고, 아이들은 더 이상 자랄 수 없어 그대로 어른이 됐다. 지나치게 빠른 소멸이었고, 또 지나치게 성급한 성장이자 노화였다.

7. 이름을 부르자

수키 라임즈 빛 속에서, 또 어둠 속에서 저는 고민하고, 또 질문했어요. 왜 아시아의 작은 나라에서 쓰는 말을 하게 된 걸까? 스스로를 다그치기도 했습니다. 왜 일면식도 없는 아이를 향해 달려갔을까? 대체 왜. 고심 끝에 얻을 수 있는 결론은 늘 같았습니다. 멍청하다, 누군지도 모르는 애를 구하자고 달려들어서는 이 꼴이 됐구나.

그날도 그렇게 중얼거리고 있는데 순간 귓가에 다정한 목소리가 들렸어요. 그 말이 아직도 선명하게 기억나요.

당신은 좋은 사람이에요.

그런데 나는 정말 좋은 사람인가요?

— 출처 : 『슈피겔』 수키 라임즈 인터뷰
자료 제공 : 슈피겔

"당신은 좋은 사람이에요."

그것은 늘 듣던 통역 A, B, C의 목소리가 아니었다. 수키는

주변을 두리번거렸다. 얼어붙은 수키의 마음을 순식간에 녹여
낸 그 따뜻한 말을 건넨 사람은 한준의였다. 그즈음 수키는 통
역을 쫓아내고 종일 침대에 누워 아무것도 하지 않으려고 했었
다. 식사, 심지어 약과 주사마저도 거부하는 지경에 이르자 의
료진은 특단의 조치로 한준의를 투입시켰다. 같은 언어를 구
사하는 한준의를 통해 수키가 즉각적인 커뮤니케이션을 함으
로써 심적 안정을 얻고, 테러의 생존자라는 공통점을 바탕으
로 형성될 유대감이 치료에 도움이 되길 기대하며 의료진은 옆
병실에서 초조한 심정으로 대기하고 있었다.

A : 한준의, B : 수키 라임즈

A : 날 대나무 숲으로 생각해요. 어차피 영어도 서툴러서 우리
가 대화한 내용을 남들에게 있는 그대로 전해 줄 수도 없거든요.

B : 대나무 숲이라고요? 당신 말을 다 이해하는 건 아니지만
우리가 같은 파란 줄무늬 환자복을 입고 있어 좋네요.

A : 나도 그날 골반과 다리를 좀 다쳤어요. 물론 당신이 입은
상처에 비하면 사소한 거지만요.

B : 아프면 아픈 거지 사소한 상처가 어디 있겠어요. 지금은
괜찮아요? 그런데도 당신은 말을 잃지 않았네요. 왜 나만 이런
걸까요? 혹시 태양계의 이상으로 인해 지구 반대편에 사는 한
국인과 언어가 바뀐 건 아닐까요?

A : 저도 그랬으면 좋겠네요. 아, 미안해요. 영어를 잘하는 게 오랜 꿈이었거든요.

B : 이해해요. 나도 영어를 잘하고 싶으니까. 이런 말도 안 되는 생각까지 하게 되다니. 미쳤나 봐요. 진짜 근데 초자연적인 현상이 아니고서야 이런 일이 일어날 수는 없어요. 나는 한국인을 몰라요. 아는 한국인 없는데. 내가 다녔던 고등학교에 동양인이 있었지만 개랑은 말 한마디 나눠 본 적 없었거든요.

A : 한류의 영향이 아닐까요?

B : ……한류요?

A : 한국 드라마나 한국 노래 있잖아요. 케이팝을 들어 본 적 없어요?

B : 알록달록한 옷을 입고 있는 사람들이 나온 드라마를 본 것 같기도 하네요. 물론 확실하진 않아요. 근데 그거 조금 봤다고 이렇게 될까요?

A : 한국 사람들이 알록달록한 옷만 입는 건 아니지만……. 어쨌거나 이상하긴 해요. 살면서 프랑스 영화나 독일 영화도 봤을 텐데 왜 한국어일까요?

B : 난 아시아에 가본 적이 없어요. 내 말은, 물론 내가 아시아에서 입양되긴 했지만 그 후론 미국을 떠나질 않았거든요. 언젠가 일이 있어 친구 고향집에 가는 길이었는데 버스 옆자리에 한국인 둘이 있었어요. 너무 수다스러워서 그 남자들 입을 때리

고 싶을 정도였다니까요. 혹시 그거 때문일까요? 아, 한국 식당
도 몇 번 갔구나. 불고기를 먹어서 그런 걸까요? 아, 미안해요.
또 말도 안 되는 이야길 하고 있네요. 내 상황 자체가 말이 안
되니까 하는 생각도 다 이 따위예요. 근데 전 초밥을 좋아해요.
잠깐만요, 지금 초밥이라고 했나요? 초밥이 뭐죠? 대체 나는
……. 나는 대체 누구지? 혹시 괴물인가요? 미안해요, 준의 씨
앞에서는 울고 싶지 않지만…….

A : ……울고 싶으면 울어도 돼요. 참지 말고 울고 싶은 만큼
울어요.

— 출처 : 수키 라임즈와 한준의의 대화 녹음 파일
자료 제공 : 수잔 해밍턴

한준의는 의료진의 지침을 무시하고 보이스펜의 정지 버튼
을 눌러 버렸고, 참지 말고 울고 싶은 만큼 울어요, 그 말을 끝
으로 대화는 더 이상 녹음되지 않았다. 수키를 추적하는 과정
에서 한준의는 빼놓을 수 없는 인물로서, 공식적으로 확인할
수 있는 자료 외에 증상이 발현된 이후의 수키에 대해 상세히
증언할 수 있는 거의 유일한 사람이다. 그러나 언론들의 끈질
긴 요청에도 그녀는 오랫동안 인터뷰를 고사해 왔다. 수키 라
임즈가 사라진 지 삼 년이 지난 지금, 한준의는 「먼지 인간, 수
키들」과의 인터뷰를 수락했고, 우리는 한국 서울에서 그녀를

만날 수 있었다.

인터뷰 1-2. 한준의

— 수키 라임즈에게 그 증상이 발현된 후 그녀 곁에는 한준의 씨가 있었어요. 전 당신이 그녀의 가장 좋은 친구라고 보는데요.

— 친구는 맞지만 '가장 좋은'이라는 수식을 가져서는 안 된다고 생각해요. ……그럴 자격이 없거든요. 수키와 친구가 됐다니, 지금 생각해도 믿을 수 없어요. 저도 그 친구가 좋았어요. 그때 그곳에서 제가 막힘없이 대화할 수 있었던 사람은 말끝에 꼭 싸우게 되는 남편뿐이었어요, 지금은 엑스가 됐지만. 어쨌든 그런 상황에서 만난 수키는 제게도 행운이고, 행복이었습니다. 그 친구도 그랬을 거예요. 통역해 주던 분들을 제외하곤 대화할 수 있는 사람이 저뿐이었거든요. 그리고 무엇보다 잘 통했어요. 알고 보니 둘 다 성인이 될 때쯤 부모를 잃었더라고요. 그 때문에 겪어야 했던 것들, 끝을 모르고 증식하는 고단함이나 결코 사그라지지 않는 그리움도 함께 나눌 수 있었어요. 공통적인 요소들로 인한 친밀감이랄까, 우리에겐 유대감 같은 게 있었죠. 네, 우린 서로에게 고마운 존재였어요.

— 서로가 서로에게 의지하던 사이였다는 말씀이시군요.

— 숲이 되어 주겠다며 다가갔지만 정작 수키가 제 그늘이고 바람이었어요. 그 친구와 함께 있을 때가 시애틀에서 가장 행복

했던 시간이었습니다. ……그리워요. 보고 싶습니다.

— 준의 씨, 우리 잠깐 쉴까요? 원하신다면…….

— ……괜찮습니다, 계속해도 돼요.

— 개인적으로 저는 『올 어라운드 월드』에 실렸던 「수키의 고백」에서 당신과 수키가 나눈 대화가 인상적이었어요. 재미로 붙여진 이름인 숙희에 의미를 부여하는 과정이 좋았거든요.

— ……수키는 디몰에서 있었던 일들, 파키스탄 꼬마가 엄마라고 외쳤던 것을 기억한다고 말했지만 사실 그렇지 않았어요. 그녀는 액세서리 가게에서 총성을 들은 이후의 일들을 기억할 수 없다고 했어요. 사라진 기억을 찾으려고 안간힘을 썼지요. 저는 수키에게 말했어요. "억지로 기억하려고 하지 마요. 기억나지 않는 건 그래야 할 이유가 있는 거예요. 기억에게도 숨을 권리를 줘요."라고요. 온 힘을 다해 슬퍼하라고도 했어요. 슬픔은 부정적으로 분류되는 감정이지만, 그래서 극복해야 하는 것으로 여겨지지만 끝까지 슬퍼해야 떨어뜨렸던 눈물 위에서 일어나 걸어 나올 수 있으니까요. 그래서 네가 슬프다면 충분히 슬퍼하라고 했어요.

목 놓아 우는 수키를 안고 다독이는데 한쪽에 덩그러니 놓여 있는 선물이 눈에 들어왔어요. 모자와 티셔츠에 새겨진 글자를 보니 그녀에게 들려줄 얘기들이 떠올랐죠. 우리는 한국식 이름을 가진 외국인들, 석호필과 김고난과 미란의 계보를, 그리고 그 끝에 합류한 숙희에 대해 이야길 나눴어요.

　지금으로부터 백여 년 전 프랭크 윌리엄 스코필드는 캐나다 토론토를 떠나 아시아의 조선에 도착했다. 영국 워셔릭 태생의 그가 홀로 캐나다로 이주한 지 구 년 만의 일이었다. 그로부터 삼 년 후 3월 1일 그는 경성 종로의 파고다공원을 향해 달려갔다. 결연한 표정으로 자전거 페달을 밟는 그의 목에는 카메라가 걸려 있었다. 문서 번역을 부탁했던 병원 동료가 사진으로도 기록해 줄 것을 당부했기 때문이었다. 한 달 뒤 그는 기차에 몸을 실었다. 소아마비 후유증으로 한쪽 팔과 다리가 불편함에도 한걸음에 달려간 경성 근교의 수원 일대에서 그는 자신이 목도한 것을 글과 사진으로 남겼다. 그때 작성된 「제암리의 학살」과 「수촌 만행 보고서」는 몇몇 매체에 익명의 특별통신원(Special correspondent)이란 이름으로 기고되기도 했다.
　일본 제국주의의 식민 지배에 항거하며 독립을 외친 3·1운동을 기록하고, 식민 지배의 잔혹함과 부당함을 세계에 알린 스코필드에게는 한국식 이름이 있었다. 석호필石虎弼, 돌과 같은 굳은 마음으로 호랑이처럼 조선의 독립을 돕겠다는 뜻이었다. 수키는 석과 호와 필이란 소리에 각각 돌과 호랑이, 그리고 도움의 뜻이 담겨 있다는 데에 놀랐고, 그것들이 모여 빚어낸 뜻이 마음에 들었다. 그녀는 스코필드와 석호필을 번갈아

가며 부르기 시작했다. 은은하면서도 노골적으로 병실을 차지하고 있던 소독약 냄새 사이로 퍼지던 소리는 얼마간 시간이 흐른 후 마침내 완전히 석호필로 바뀌었다.

광막한 태평양과 약간의 시간 차이를 두고 그녀들이 봤던 드라마 「프리즌 브레이크」의 주인공 스코필드는 전례를 따라 석호필로 불렸다. 한국인들은 「코난 쇼」의 진행자 코난 오브라이언을 김고난으로, 빅토리아 시크릿의 모델 미란다 커를 미란으로 부른다. 고난苦難은 괴로움과 어려움을 뜻하지만, 한국인들은 코난을 고난으로 부르는 것을 즐거워할 따름이었다. 미란은 한국 여성들의 흔한 이름 중 하나라서 길을 가다 미란아, 하고 부르면 몇 명은 뒤돌아볼 거라는 한준의의 설명에 수키는 소리 내어 웃었다. 병원에 머문 지 이백여 일 만의 일이었다. 누군가를 기쁘게 한다는 것이 얼마나 숭고한 행위인지 한준의는 그때 절실하게 깨달았고, 이로써 그녀에게도 그날은 생생하게 남게 됐다. 반쯤 열어 둔 창문에서 바람이 불어왔고 그들이 입은 파란색 스트라이프 환자복 소매가 펄럭였다. 창밖에 시선을 두고 있던 수키는 나뭇잎 하나가 떨어지는 것을 지켜보다 한준의에게 '숙희'의 뜻을 물었다. 순간 한준의는 오래전에 읽었던 어떤 글귀가 불현듯 뇌리 속에 박히는 것을 느꼈다.

그 이름을 정확하게 불러야 그 삶이 우리에게 온다. 그것이 삶이라는 마술의 본질이다.

— 프란츠 카프카

……한자 사전을 찾아보니 '숙'과 '희'에는 많은 뜻이 있었다.
발음은 같지만 뜻은 달랐고 생긴 것도 다 달랐다. 글자들을 보
고 있자니 눈이 핑 돌 것만 같았다. 준의가 소용돌이 가운데서
두 개를 뽑아 종이에 따라 그리며 내게 말했다.

"수키, '맑을 숙'과 '희생 희'가 어때요? 말 그대로 맑은 희생,
어떤 목적이나 이념 같은 게 배제된 순수한 희생. 어때요, 멋지
지 않아요?"

淑, 犧. 기이한 문자 세 개가 나란히 서 있는 것이 숙, 엉킨
실타래처럼 보이는 게 희였다. 암호문 같기도 하고 현대 미술작
품 같기도 한 검은 선과 점들은 차이나타운에서 보던 것과 비슷
했다. 나는 질문했다.

"중국 글자 아닌가요? 중국 식당 간판에서 봤던 거 같아요."

"한자는 중국 글자이긴 한데 동아시아 문화권 전체에서 사용
된 문자이기도 해요. 좀 복잡하죠?"

이해는 되지 않았으나 상관없었다. 나에게도 마음을 털어놓
을 친구가 생겼으니까.

그날 이후 우리는 디몰에서의 공포에서 거슬러 올라가 아이
를 간절히 원하지만 실패를 겪어야 했던 때와 부모를 잃은 스물

과 꿈 많았던 어린 시절을 털어놓고 위로하고 위로 받는 사이가 됐다. 나는 살아남았다. 그러나 말을 잃었다. 영어 '벗(but)'은 내게 절망을 가져왔다. 하지만 한국어 '벗'은 달랐다. 한자 없는 순수한 한국어 '벗'은 친구란 뜻이다.

나는 살아남았다. 벗이 곁에 있었다.
준의는 나의 벗이었다.

＊ 알립니다. 필자 수키 라임즈의 개인 사정으로 인해 「수키의 고백」은 당분간 연재를 중단합니다. 독자 여러분의 양해를 바랍니다.

— 출처 : 『All Around World』 3호 「수키의 고백」—3
자료 제공 : All Around World

인터뷰 10. 제시 킴(미국 워싱턴주 시애틀, 수키의 한국어 접점으로 추정되는 인물)
　— 쉽지 않았을 텐데 이렇게 인터뷰에 응해 주셔서 감사합니다. 당시 수키 라임즈를 만나는 일 역시 껄끄러웠을 것 같아요. 당신은 어떤 마음으로 그녀를 찾아갔나요?
　— 배도 부르고 몸도 무거워서 힘들었지만 그래도 수키를 만나야 했어요. 나 때문이었으니까요. 그 바보는 너는 중국계인데

무슨 관계가 있냐고 했지요. 난 하프 코리안이야. 네 한국어 실력이 나보다 좋아,라고 영어로 말했더니 오 마이 갓, 정말 알아듣지 못하더라고요. 뭐, 그래서 어쩔 수 없이 한국어로 말했어요. 서투르니까 천천히 말했어요. "안녕하세요, 저는 제시야. 나 한국어 합니다. 싸랑해요, 마일로. 아기 있어. 미안해. 말, 그거 체인지, 그거 미안해." 제기랄. 나도 어쩔 수가 없었다고요. 오, 불쌍한 수키. 내가 그 집에 가지 않았다면, 며칠만이라도 늦게 갔더라면 수키가 말을 잃는 일은 없었을지도 모르겠네요.

— *제시 씨, 당신은 수키가 한국어를 구사하게 된 게 당신 때문이라고 생각하고 있나요?*

— *당연한 거 아닌가? ……나 말고 누가 있어요?*

지구상 많고 많은 언어 가운데 수키의 새로운 언어는 왜 한국어였을까. 언어가 바뀌는 것도 기이했으나 왜 하필 한국어, 연결고리를 찾을 수 없는 언어로 바뀌었을까. 얼마 뒤 그 이유를 밝혀 줄 가장 명확한 증거가 나타났다. 마일로 하워드로 인해 잠시 한집에서 동거하게 된 제시 킴이 한국계라는 사실이 밝혀지자 수키를 둘러싼 비밀스러운 현상의 실마리가 풀리는 듯도 했다. 그러나 어째서 뒤바뀌었는가, 즉 원인을 밝히는 데에는 충분치 않은 정보였다. 게다가 프로젝트 '수키를 찾아서'의 수석 연구원이었던 최은애의 말에서 알 수 있듯이, 한국어 실력을 비교하면 제시에 비해 수키 쪽이 월등히 뛰어났다. 자신을 둘러싸고 벌어지는 일들 중 제대로 설명할 수 있는 것들이 거의 없었지만 그쯤의 수키는 세상에는 설명할 수 없는 게 더 많다는 것을 인정하고 현실을 겸허히 받아들였다고 한준의는 증언한다.

인터뷰 1-3. 한준의

— 제시의 아버지가 남미나 아프리카, 혹은 아랍권에서 왔더라면 이렇게 제가 카메라 앞에 앉아 있을 일이 없었을 텐데요. 프랑스어나 스페인어, 아니면 아랍어를 할 수 있었을지도 모르고, 그랬다면 인류애를 실현하고 평화에 기여한 공로를 인정받아 국제기구에서 일했을 수도 있었겠지요. 차라리 인도어를 할 수 있었다면 인도에 갔을 텐데, 하고 수키가 말한 적도 있었어요.

— 인도요? 혹시 수키가 고향이나 친부모를 그리워했나요?

— 그건 아니에요. 그저 인도에서 사용하는 말을 할 수 있었다면 인도로 갔을 것이고, 그랬다면 한국행을 택했던 것보다 생이 수월하게 흘러가지 않았을까, 하는 기대 때문이었어요. 하지만 수키는 벵골어가 따로 있다는 것을, 인도 헌법에 공용어로 지정된 것만 스물두 개가 있다는 것을, 그래서 엄격하게 인도어라고 부를 수 있는 언어가 없다는 것을 몰랐어요. 그래도 불안은 어제의 단어가 됐지요.

인터뷰 11-1. 원딩(중국 광둥성 광저우, 디폴 테러 생존자)

— 원딩 씨, 먼저 인터뷰에 응해 주셔서 감사하다는 말씀을 전합니다. 그때 일을 다시 떠올리는 일이 쉽지 않을 텐데, 그래서 미안하고 고맙습니다.

— 아니에요. 잊고 싶은 기억이고 떠올리면 힘들지만 그래도 괜찮아요. 이렇게 인터뷰를 하는 것도 나쁘진 않고요. 이따 틱톡에 올려도 되나요?

— 원한다면 얼마든지요. 그럼 원딩 씨, 자신에 대해 이야기해 줄래요?

— 저는 중국 광저우에서 태어나고 자랐고, 한국에서 대학을 다녀요. 경영학을 공부하고요. 지난달부터 방학이라서 지금은 고향에서 지내고 있어요. 한국에서 공부하는 이유는, 전 태형 오빠를 좋아해요. 비티에스 뷔, 태형이요.

— 제가 케이팝에 약한데…… 방탄소년단은 알지만 멤버들은 알지 못해요. 미안해요.

— 헐, 방탄소년단은 알지만 멤버는 일도 모른다니……. 한국인이잖아요, 근데 왜 몰라요? 왜 때문에요? 우리 탄이들이 노래하고 춤추는 영상을 보면, 가사를 음미하고 인터뷰를 읽다 보면 언니도 아미가 될 거예요. 제가 그랬던 것처럼. 내가 나인 게 너무너무 싫을 때가 있었거든요. 그때 비티에스 노래를 들으며 미움을 덜어냈어요. 남들보다 부족하다 싶고, 마음이 아프기도 하

고, 또 가끔 다 그만두고 싶고, 그럴 때마다 전 방탄 노래를 듣고 따라 부르고, 가사를 해석하고 써 보기도 해요. 그럼 기운이 나요. 나를 사랑할 마음이 생겨요. 한국어도 그래서 배웠고요. 좋아요, 우리 인터뷰가 끝나면 제가 앨범을 선물할게요.

— 아니에요, 음원 사이트에서 찾아 들어 볼게요.

— 언니, 사양하지 말아요. 저에겐 음반이 아주 많이 있어요. 근데 포카는 빼고요. 포토카드 말이에요. 그건 안 돼요.

— *선물 감사히 받겠습니다. 고마워요. 원딩 씨는 지금 광저우에 있지만 지난 몇 년간 대부분은 한국에서 지냈잖아요. 한국 생활은 어떤가요? 유학 생활은 할 만해요?*

— 한국에서 지내는 거 좋아요. 그래서 졸업 후에는 대학원에 가려고 해요. 아, 전공은 바꿔서요. 국문과에 진학해서 중세 한국어를 공부할 생각이에요. 좀 지난 드라마이긴 한데 「육룡이 나르샤」, 「구르미 그린 달빛」을 보셨나요?

— *……아니요.*

— 와, 비티에스도 모르고, 드라마도 안 보고 신기한 한국인이다! 전요, 사극을 보면서 옛 한국어의 매력에 빠지고 말았어요. 연모하다, 사모하다, 은애하다 모두 아름답게 들려요. 그렇지 않나요?

— *'은애'라는 말은……*

— '좋아하다'잖아요.

― 정확하게 그 뜻은 아니지만. 어쨌든 잘 지내는 것 같네요. 그래도, 트라우마가 남지 않았을까 걱정도 되는데요.

― 트라우마요? 시간이 꽤 지났잖아요. 저는 잘 이겨냈답니다. 건강하고 행복하게 살고 있어요. 수키는, 당연히 가끔 떠올라요. 절 살게 했잖아요. 그러니 우리 탄이들의 나라에서 한국어도 공부하고, 유학도 하고, 또 덕질도 하면서 즐겁게 살고 있는 거고요. 근데요, ……솔직하게 말해도 되나요?

― 물론요.

― ……고맙긴 하지만 전 그 여자가 싫어요. 그래서 떠올리기 싫어요. 그 상황이 아니라 그 여자를요. 제 마음을 설명하는 게 어렵긴 한데, 이상하다는 것도 아는데요. 분명히 고마운 건 맞는데 생각만 해도 소름 끼쳐요.

한준의와의 만남 이후 수키는 차차 안정을 찾아갔고 자신을 향한 세상의 시선을 보다 명확하게 인지할 수 있었다. 인도계 미국인이 파키스탄 이민자를 구한 일을 계기로 긴장 관계에 있던 미국과 파키스탄, 인도와 파키스탄 사이에 훈풍이 불기 시작했다. 거기에 디몰 곳곳에 설치된 CCTV에서 확보한 영상이 추가로 공개됐는데, 확인 결과 수키가 넘어져 다리를 다친 중국인 소녀 윈딩을 몰 밖으로 데리고 나간 후 다시 몰로 들어가 모하메드 아슬람을 구한 사실이 밝혀졌다.

이로써 그녀의 선하고 긍정적인 영향력은 더욱더 확대됐고 그녀를 향한 지지와 찬사는 한층 확고해졌다. 이에 수키의 이름이 지닌 평화 상징 지수 역시 상한가를 쳤다. 파키스탄의 나와즈 샤리프 총리와 인도의 나렌드라 모디 총리의 회담 외에도 중국의 시진핑 주석과 모디 총리의 만남이 추진되고 있다는 뉴스가 연일 보도됐다. 중국 자치구인 티베트와 국경을 맞대고 있는 인도의 라다크와 시킴, 아루나찰프라데시 부근에서 발생한 국경 문제와, 티베트의 지도자 달라이 라마의 망명, 인도 다람살라 맥그로드 간즈에 세워진 티베트 임시정부 등으로 오랜 시간 적대관계를 유지하던 두 나라였다. 중국과 인도 사이의 미묘한 변화에는 아무래도 수키의 영향이 없지 않다는 것이 미국 외무부의 비공식적인 입장이었다.

인터뷰 3-3. 샨 샤히드

— 기자님은 디몰 테러 사건 보도부터 오랜 기간 수키와 수키 증후군에 관심을 갖고 후속 기사를 작성해 왔는데요. 수키 라임즈를 둘러싼 일들의 발생 원인이 어디에 있다고 보시나요?

— 모든 게 영국 때문이지요. 1947년 영국이 인도 아대륙을 떠난 후 이곳은 파키스탄과 인도로 나뉘었습니다. 오랜 시간 이어져 온 우리의 역사와 종교, 문화와 민족을 고려하지 않은 처사였지요. 인도를 사이에 두고 한 나라가 동파키스탄과 서파키

스탄으로 쪼개지는 게 말이 됩니까? 결국 방글라데시가 독립하게 됐고요. 파키스탄과 인도 사이에서는 전쟁이 일어났고 북부 아자드 카슈미르는 파키스탄이, 남부 잠무 카슈미르는 인도가 됐습니다. 그 결과 카슈미르는 언제 폭격이 일어나도 이상하지 않은 곳이 되고 말았습니다.

— 오래전 역사로 거슬러 올라가는군요. 수키 증후군의 발병 원인을 의학적이고 과학적으로 분석하는 것 이외에 역사적이며 사회적인 맥락에서 찾아야 한다는 데에 저도 동의합니다.

— 이런 일이 여기서만 일어난 게 아니지 않습니까? 중동과 아프리카의 국경선들, 그 자로 잰 듯한 직선들을 생각해 보세요. 영국 총리였던 솔즈베리가 한 말이 있지요. "우리는 백인이 한 번도 발을 디뎌 본 적 없는 지역의 지도 위에 선을 그었다. 산, 강 그리고 호수들을 정확히 어디에서 찾아야 할지 모르는 어려움에도 가까스로 그것들을 분배했다." 누가 가까스로 하라고 했는지, 원. 영국 때문만은 아니지요. 탐욕스러운 유럽 제국주의 열강 모두의 잘못입니다.

사이크스-피코 협정(Sykes-Picot Agreement)으로 인한 중동 지역의 국경선, 아프리카 쟁탈전(Scramble for Africa)으로 인한 아프리카 국경선, 그 결과 생겨난 기하학적 국경 획정(Geometric border demarcation)이 세계 곳곳에서 일어나는 분쟁의 주요 원인임을 부인할 수 없습니다. 제2차 세계대전 이후 영국과 미국의

승인 아래 시작된 팔레스타인 땅의 유대인 정착 문제를 포함해
서요.

　역사와 문화, 언어와 정서의 공유는 무시된 채로 국가가 강제
됐고 인위적 국경선 아래서 누군가는 이방인으로의 삶을 강요
받았습니다. 그리고 이방인과 이방인이 대립하기까지 했고요.
지금 얼마나 많은 사람들이 서로에게 총을 겨누고 폭탄을 던지
고 있습니까? 가자 지구를 보십시오. 수천 년 전 조상들이 머물
렀다는 이유로 대대로 수천 년을 살아온 이들이 강제로 쫓겨나
고 있습니다. 말살을 경험했던 민족이 이제 다른 민족의 터전을
빼앗고, 그리하여 그들의 삶을 멸하고 있습니다. 그럼에도 세계
는 침묵하고요. 그건 동의이며 동조입니다. 유럽은 세계 난민
문제, 더불어 팔레스타인-이스라엘 분쟁에 더 적극적으로 나
서야 합니다. 무엇보다 반성해야 하고요.

　— 테러와 난민 문제가 극심해지면 질수록 수키 증후군과 같
은 현상도 증가할 거라고 보시는 거지요? 따라서 모두가 문제
의식을 갖고 해결하려 노력해야 하고, 그 바탕에는 잘못된 과거
에 대한 반성이 필수적으로 요구된다는 거고요.

　— 그렇습니다. 그런데 이건 제국주의 시대를 이끌었던 서구
열강만의 반성에 머물러서는 안 되는 문제입니다. 다시 국경 문
제로 돌아옵시다. 영국이 떠나고 십오 년이 흐른 1962년에 중
국이 침공하면서 카슈미르의 아크사이친 지역이 중국령이 됐지

요. 아, 중국의 욕심이란. 뭐 그것도 영국이 그어 둔 국경선이 발단이었지만. 그렇게 카슈미르는 더욱 위험한 화약고가 되고 말았습니다. 파키스탄과 인도, 그리고 중국 사이의 분쟁으로 인해 사람들이 죽거나 다치는 게 기본 값인 땅으로만 알려지고 기억되기에는 안타까운 곳이에요. ……아름답고 경이로운 곳입니다. 무엇보다 거기 사람이 있습니다.

어쨌거나 파키스탄과 중국이 육상과 해상의 실크로드인 일대일로一帶一路를 건설하기로 하면서……. 아, 저는 개인적으로 중국이 개발도상국 곳곳에서 벌이고 있는 일대일로에 반대하는 입장입니다. 중국 기업이 중국 노동자를 데리고 중국 자본과 중국 자재로 다리와 도로를 놓고 항만을 세운다? 사용권을 가져가 부를 독식하니 해당국의 부채만 늘어 가는 게 아닙니까? 거기에 항구 내 활동에 어떤 제한이나 제재가 있어서는 안 된다는 조항이 있는 경우도 있지요. 이건 새로운 착취입니다. 해당국의 부패한 관리들 잘못도 크지만 이건 뭐, 21세기의 제국주의, 신新식민주의라고요.

다시 돌아와서, 카슈미르 지역에 유혈 사태가 계속되면서 파키스탄과 인도, 중국과 인도의 관계가 악화될 때 나타난 이가 수키, 바로 그녀였습니다. 그러고 보면 참 대단한 여자였어요. 인샬라, 신의 가호가 있길.

인터뷰 12-1. 나짜 루다키(중국 신장 위구르 자치구 우루무치/ 조지아 트빌리시, 수키 증후군 환자)

— 루다키 씨를 둘러싼 문제 중 하나는 '진정한 중국인은 누구인가?'라는 질문이었어요. 어때요, 당신은 스스로 중국인이라고 생각하나요? 그래서 중국을 대표하여 아름다운 중국인이 될 수 있다고 생각하나요?

— 말씀하신 대로 제가 미스차이나가 됐을 때 위구르인과 러시아계의 혼혈이라는 이유로 논란이 있었어요. 자, 보세요. 이게 제 여권이에요. 보이시죠? 제 국적은 중국이고 저는 스스로 중국인이라고 생각해요. 중국 본토와 대만, 홍콩과 마카오, 티베트와 우리 위구르 모두 하나의 중국 아닌가요? 그런데 제가 왜 중국의 아름다움을 대표할 수 없나요?

물론 모든 위구르족이 저처럼 스스로를 중국인으로 여기는 건 아니에요. 저도 그렇지만 터키쉬에 가까운 이들도 많고, 그게 단지 겉으로 드러나는 외형과 인종적인 것들뿐만 아니라 정서적인 차원에서도요. 오랜 세월 조상들을 거쳐 내게 도달한 유전자에는 우리 위구르인의 역사와 알라를 향한 믿음이 배어 있습니다. 알게 모르게 몸에 새겨진 역사와 믿음은 '나'를 형성하는 중요한 요소라고 봐요. 이것이 많은 위구르 사람들이 스스로를 중국인으로 여기지 않는 이유 중 하나이기도 하고요.

그런데도 제가 스스로를 중국인으로 생각하는 이유는, 어쩌면 그편이 사는 게 편해서일지도 모르겠네요. 우루무치를 떠나고 싶었고, 그 방법 중 하나가 미스차이나가 되는 거였거든요. 그러다가 모두가 너는 진짜 중국인이 아니라고 하니 오기가 생겼다고 할까? 솔직하게 말해서요.

— '오기'라는 단어에서 당신이 마주해야 했을 고뇌이 느껴지네요.

— 그렇게 말해 줘서 고마워요. 근데 뭐, 고뇌은 제가 아니라 다른 이들이 겪고 있는 걸요. 지금도 제 고향에서 많은 사람들이 한족과 생김새가 다르고, 또 무슬림이라는 이유로 핍박당하고 있어요. 물론 제가 겪은 일은 아니지만 내 눈에 안 보이고 내 귀에 안 들린다고 해서 일어나지 않은 일이 되는 건 아니니까요.

— 그 때문에 지금 신장 위구르 지역에서도 수키 증후군 환자가 급속도로 증가하고 있다고 들었습니다. 그런데 희한하게도 제1언어가 중국어로 바뀌는 케이스는 없다고 하더라고요. 루다키 씨, 지금 우리는 영어로 말하고 있지만 당신은 어떤 언어를 구사하나요?

— 미스월드 대회를 치르기 위해 가던 길에 총격을 당했어요. 수술을 마치고 눈을 떴을 때는 위구르어, 북경어, 러시아어 모두 할 수 없었어요. 지금 저는 아제르바이잔어와 조지아어를 합니다. 그래서 이렇게 우루무치와 트빌리시를 오가며 살아요. 위구르족인 아버지 선대에 아제르바이잔에서 온 할머니가, 러

시아 혼혈인 어머니 선대에 조지아에서 온 할머니가 있더라고요. 사고 당시 버스에서 아제르바이잔 대표가 옆에, 조지아 대표는 앞에 앉았던 탓일 수도 있고요. 접점은 그들 중 하나겠지요. 궁금하지만 깊게 고민하진 않아요. 진실이 밝혀진다 한들 달라지는 게 있나요? 그래 봤자 여전히 수키 증후군 환자일 텐데요. 그렇다고 절 불쌍하게 여기진 마세요. 절망하고 비통해하는 거 저랑 안 어울려요.

  — *어쩐지 루다키 씨에게는 앞으로의 계획이, 그것도 확고하고 분명한 계획이 있을 것 같아요.*

  — **(오프 더 레코드)** 계획이요? 일단 당신과 인터뷰를 했으니 다시 우루무치로 돌아가는 건 불가능할 것 같고요. 돌아가면 공안에 잡힐 게 분명하잖아요. 수용소에서 죽기 전까지 맞거나 죽을 수도 있을 만큼 목화를 따야 하고, 정체 모를 약을 먹어야 하거나 실험 대상이 될 수도 있어요. 너무 걱정 마세요. 제 가족과 친척들은 이미 해외로 도망쳤거나 갇혀 있다가 죽었거든요. 볼모로 잡힐 만한 이가 그곳에 없어요. 해외에서 지낸다고 안전이 보장되는 것은 아니지만 이 인터뷰 때문에, 나와 친척이라는 이유로 의문의 사고를 당한다고 해도 이해해 줄 사람들이에요. 목숨보다 중요한 게 있으니까요. 근데 질문이 뭐였어요?

  — *앞으로의 계획이 궁금합니다.*

  — 아, 저에겐 꿈이 있어요. 전 위구르의 평화뿐만 아니라 아

제르바이잔과 조지아, 그리고 아르메니아까지 포함한 킵카스 일대의 평화에도 도움이 되고 싶어요. 이거야말로 아름다움의 진정한 실현이 아닐까요? 뭐, 방법은 고민해야겠지만, 쉽진 않겠지만요.

— *혹시 두렵지는 않으세요?*

— **(오프 더 레코드)** 당연히 두려워요. 왜요? 거짓말이나 농담처럼 들리나요? 정말이지 저는 무서워요, 무섭습니다. 정부도, 지금의 제 상태도 모두 다요. 하지만 이 시간은 두 번째 생이에요. 맞아요, 전 어느 날 갑자기 먼지로 흩날릴 미래를 받아들였어요. 그래서인지 새끼손가락이 없어졌을 때도 크게 놀라지 않았어요. 아, 끝이 다가오네, 포기하지 말자. 저는 당당하게 살아갈 겁니다. 제 전부가 먼지로 사라질 때까지요. 어쩌면 한 시간 후 교통사고로 세상을 떠날 수도 있겠지만, 그럴지라도 두려움과 함께 걸어가겠습니다.

스페인 내전을 겪으며 로버트 카파가 〈어느 인민전선파 병사의 죽음〉을 남긴 후 피카소가 〈게르니카〉를, 헤밍웨이가 『누구를 위하여 종은 울리나』를 완성했듯 수키는 대중문화 전반에 걸쳐 창작자들에게 영감을 주기도 했다. 〈인간의 자세〉의 주인공은 게임계의 뮤즈가 되어 「레전드 리그」에서는 용맹한 여전사로 등장했고, 「시크릿 디텍티브」에서는 비밀스러운 해결사로

활약하기도 했다.

화제에는 논란도 따르기 마련인데 「플레잉 더 어쌔신」이 대표적인 사례였다. 이 게임은 유저가 '알라후 아크바르'를 외치며 다가오는 이슬람 테러리스트를 총을 쏘거나 수류탄을 던져 살해함으로써 포인트를 획득하는 방식으로 진행됐는데, 피 흘리거나 신체가 산산조각 난 테러리스트 앞에서 유저의 캐릭터가 기괴한 웃음을 짓는 장면은 무슬림들에겐 가히 충격으로 다가왔다. 알라후 아크바르는 이슬람교에서 신에 대한 신앙심을 표현하는 말로서 '신은 위대하다'라는 의미이다. 무슬림은 매일 다섯 차례 메카를 향해 신에게 기도하는데 이때 기도 시간을 알리는 소리가 아잔(Azān)이다. 이 아잔은 알라후 아크바르를 네 번 외치는 것으로 시작되고, 신도들은 코란의 일부 내용과 '신은 위대하다'를 외우며 절을 한다. 신에 대한 지극한 믿음을 표현하는 신앙 용어이자 일상적인 인사말 알라후 아크바르가 이 게임으로 말미암아 이슬람교에 대한 지식이 없는 이들에게는 극단주의자들과 테러리스트의 용어로 인식될 수도 있게 된 것이었다.

해당 게임은 전 세계 무슬림들의 혹독한 비난 속에서 출시 일주일 만에 판매 중단되고 말았다. 하지만 문제가 된 장면은 게임의 판매 중지와는 별개로 인터넷 밈(meme)으로도 만들어져 게임 유저가 아닌 일반인 사이에서 유머로 소비되기도 했다. 유저가 택할 수 있는 캐릭터 중 하나가 수키를 연상시키는 인물이었기에 비난은 수키에게로도 향했다. 이에 그녀는 즉각 사과문을 발표했다.

최근 인터넷상에서 저와 관련된 일들로 인해 많은 논란이 있었습니다. 이와 관련하여 먼저 상처를 받은 분들께 참담한 마음으로 사죄의 말씀을 올립니다. 또한 불쾌함을 느끼셨던 분들께도 죄송한 마음입니다. 해당 게임에 대해 충분히 알아보지 못하고 성급하게 계약을 맺은 저의 불찰입니다. 처음엔 저 역시 피해자라고 생각했고 화도 크게 났습니다. 그러나 누군가는 제가 느낀 분노보다 더 큰 아픔을 느껴야 했다는 것을 알게 됐습니다. 모두 제 생각이 짧은 탓에 일어난 일입니다.
다시 한 번 사과드립니다.
앞으로는 더욱더 신중하게 살아가겠습니다.

— 출처 : 수키 라임즈의 사과문
자료 제공 : 한준의

발 빠른 대처로 수키를 향한 대중의 비난과 분노는 잠잠해졌고, 그녀는 다시 평화의 상징으로 거듭날 준비를 할 수 있었다. 그리고 그즈음 수키는 애니 레보비츠의 에이전시로부터 한 통의 메일을 받았다.

인터뷰 1-4. 한준의

— 수키는 피렐리 달력의 모델이 되기도 했어요. 그 프로젝트에 참여한 것으로 또 한 번 큰 주목을 받았고요.

— 우리에게 애니 레보비츠와 피렐리는 생소했어요. 메일을 받자마자 인터넷에서 피렐리 달력을 찾아봤지요. 구글링으로 찾은 사진 속 모델을 보곤 수키가 포즈를 취하기도 했어요. 아무튼 엄청나다고 소리 지를 수밖에요. 수키가 피렐리 프로젝트에 참여했고, 거기에 시월의 모델이라는 게 알려지자 노르웨이 노벨상위원회의 노벨평화상 수상자 최종 선정 및 발표 시기를 고려한 배치라며 환호하는 이들도 있었어요. 비록 그 일을 계기로 우린 멀어졌지만 수키에겐 좋은 기회였어요.

— 당신의 책 『수키에 대하여』를 보면 이런 구절이 나와요. "유명 인사들과 나란히 모델로 선 일은 수키에게는 본인의 영향력을 가시적으로 확인할 수 있는 계기였고, 나에겐 관계의 유효 기간이 종료됐음을 알리는 신호였다."

— 제가 유효 기간의 종료라고 표현했군요. 책을 쓴 지 시간이 꽤 흘러서 기억나지 않는 것들도 있네요. 수키는 강연과 인터뷰, 사인회로 바빴어요. 저는 혼자였어요. 혼자 밥을 먹고 혼자 텔레비전을 보고 혼자 마트에 가고. 관계라는 게 그렇잖아요, 인생의 어떤 순간을 함께했다는 이유로 모든 장면을 함께 채울 수는 없으니까요.

종일 말 한마디도 하지 않고 지내는 건 익숙했어요. 남편 유학 때문에 시작한 미국 생활은 그다지 즐겁지 않았어요. 스피킹이 쉽게 늘지 않았고요. 나이가 들어 뇌가 굳고 혀가 굳어서 그런지 외국어를 배우는 게 쉽지 않더라고요. 대신 눈치는 빨라져요. 단어 몇 개로 내용 유추를 잘하게 되더라고요. 성인이 외국어를 배운다는 것은 사고 체계를 완전히 바꾸는 일이라고 생각해요. 그리고 보면 언어가 바뀐 게 수키와, 다른 수키 증후군 환자들에게는 어느 날 갑자기 다른 차원에서 살게 된 것과 비슷할 것도 같네요.

언어 문제는, 그게 또 심리적인 위축을 불러오기도 했어요. 되게 작아져요, 사람이. 저 매일 쪼그라들었어요. 동네 사람들과도, 다른 한국인 유학생 가족과도 자연스레 어울리지 못했는데 전 그게 말 때문이라고 생각하거든요. 그때 제 곁에 있었던 이가 바로 수키예요. 우리는 죽음의 기로에서 살아남았다는 것을 넘어 한 시절을 공유한 친구예요. 결국 남은 거라고는 촬영장에 따라갔다가 어쩌다 찍게 된 사진뿐이지만······.

세계적인 타이어 회사 피렐리는 저명한 사진작가와 모델을 섭외, 핀업 걸(Pin-up girl) 사진으로 피렐리 캘린더(Pirelli calendar)를 만들어 왔다. 유명 모델들로 채워졌던 이전과 달리 그해 피렐리는 모델 선정에 있어 파격적인 선택을 했고 수키에게 함께해 줄 것을 요청했다. VIP 이만 명에게만 배포됐다는 그해의 달력을 펼치면 뉴욕현대미술관의 관장이자 자선 사업가인 아그네스 군드가 있다. 장애 아동을 돕는 자선단체를 운영하는 모델 나탈리아 보디아노바는 아이와 함께 등장한다. 화려한 등 근육을 뽐내는 테니스 선수 세레나 윌리엄스와 뱃살이 접힌 모습을 자연스럽게 드러낸 코미디언 에이미 슈머 사이, 시월에는 수키가—물론 비키니 차림도 아니고 요염한 포즈도 취하지 않았다— 무늬 없는 하얀색 티셔츠에 청바지를 입고 팔짱을 낀 자세로 환하게 웃고 있다.

당시 노벨평화상의 강력한 후보로 독일의 앙겔라 메르켈 총리가 언급되고 있었고 수키 역시 뜨거운 이름 중 하나였다. 여풍이 예상된 것과 달리 상은 튀니지 국민4자대화기구에게 돌아갔는데, 당시 호사가들은 디몰에서의 테러가 몇 달만 빨리 일어났더라도 결과는 달라졌을 거라고 말했다. 도박사들은 수키가 이후로도 미국과 파키스탄, 인도와 파키스탄, 인도와 중국 간의 긴장 해소에 긍정적인 영향을 끼친다면 상을 받을 자격이 충분하다고 예견했다. 국제분쟁 전문가들은 시민운동가이자 노벨평화상 수상자인 말랄라 유사프자이를 예로 들며 포지셔닝의 중요함을 역설하기도 했다.

연말이 되자 수키는 더욱더 바쁘게 호명됐다. 〈인간의 자세〉는 '매그넘'과 '로이터통신'에서 선정하는 올해의 사진에, 수키는 『타임』이 선정하는 가장 영향력 있는 100인 중 9위에 올랐다. 경제 잡지인 『포브스』마저도 수키를 영향력 있는 백 명의 인사 가운데 한 명으로 선정했는데, 평화와 안정의 시대를 맞이하는 데 있어 수키가 의미하는 바가 지대하다는 것이 그 이유였다. 수키가 언론에 언급되면 될수록 분쟁 국가 간의 관계를 개선하는 데에 있어 주도적 역할을 해내길 당부하는 전문가들도 늘어 갔다.

그러나 유감스럽게도 미국에서 평화와 안정은 싹을 틔우지 못했다. 네바다주 에스메랄다 카운티에서 일어난 고등학교 총기 난사 사건에서 교사 빌리 호프는 다섯 명의 학생들을 구하며 이름 그대로 희망의 영웅이 됐다. 버지니아주 피트실베이니아 카운티에서도 총구에 맞선 이가 있었는데, 엘리자베스 캐리는 「아메리카 아이돌 시즌 7」에서 탑 10을 앞두고 탈락한 이력이 더해져 이목을 끌었다. 두 다리를 잃은 그녀는 반년 후 병상에서 싱글 앨범을 발표했다. 그녀의 〈Peace〉는 빌보드 메인 싱글 차트인 핫100에서 칠 주 동안 1위를 지킨 마룬 5의 〈Girls Like You〉를 아래로 끌어내렸다. 마룬 5는 『롤링스톤』과의 인터뷰에서 캐리의 희생정신에 경의를 표하며 축하의 말을 건네기도 했다.

수키가 하나의 주요한 흐름이 된 시대, 끊임없이 등장하는 영웅들은 이른바 '포스트 수키'로 불렸다. 그들에게는 공통점이 있었다. 대개 전형적인 앵글로색슨의 피가 흐르는 금발이었고, 이에 포스트 수키가 되기 위해서는 전제 조건으로 백인이어야 한다는 냉소적인 유머가 돌 정도였다. 그리고 이러한 움직임은 오리지널에게도 영향을 끼치고 말았다.

인터뷰 4-2. 앤 테이트

— 자료를 찾아보니 당시 포스트 수키의 시대가 열렸다는 보도가 꽤 많이 쏟아졌더라고요. '포스트'에서 알 수 있듯이 수키의 시대는 종결됐다고 보는 사람들이 다수였던 것 같아요. 그럼에도 당신이 이끄는 캠페인 '리틀 빅 히어로'는 계속 진행됐고요.

— 맞아요, 포스트 수키라는 말에는 원조의 추락과 종말이 내포되어 있습니다. 수키는 새롭게 등장한 수키로 잊혔지요. 그들역시 또 다른 호프와 캐리로 잊혔고요. 수키에게는 슬픈 일이지만 작지만 큰 영웅들은 계속해서 등장해야 했습니다. 물론 앞으로도 그렇고요. 그때나 지금이나, 아니 지금 훨씬 더 많은 이들이 누군가가 손 내밀어 주길 간절하게 기다리고 있으니까요.

벤 알렌 아주 잠깐 기대했다. 절망이 희망으로 바뀌었다. 벤이 이 일을 계기로……. 기적은 존재하지 않는다. 내 기도는 언제나 아픈 아이보다 일 분만 더 살게 해 달라는 부탁으로 끝이 났고, 그 바람만이 유일하게 실현됐다. 그 역시 기적이었나.

나의 아가, 벤. 엄마가 곧 갈게. 우린 다시 만날 거야. 그리고,

바라건대 내게서 멀어진, 흩어진 아이를 지켜 주소서.

그레이스 네이트케 어디로 튈지 예측할 수 없었던, 장난기 많던 소녀는 변호사가 돼서 세계의 차별에 맞섰다. 그녀의 투쟁은 먼지로 사라지는 순간까지 계속됐다. 하지만 너의 마지막 조각에는 내가 널 사랑하고, 네가 날 사랑하던, 오직 우리의 순간들로 충만하길.

8. 암시

인터뷰 13-1. 민아람(한국 서울, 레스토랑 '맛살라 인디아' 운영)

— 민아람 씨, '수키' 하면 당신은 가장 먼저 무엇이 떠오르나요?

— 음……, 전 수키를 생각하면 아이섀도가 떠올라요. 맞아요, 여기 눈가에 바르는 화장품. 떨어트리면 쉽게 깨지잖아요. 싸구려든 비싼 것이든 간에 꽤나 약해요. 새것도, 오래된 것도 한순간에 파편이 되고, 가루로 날리고 말아요. 그러고 보니 정말이지 부서진 아이섀도였네요, 그 사람…….

— 수키가 한국을 떠나기 몇 달 전쯤 당신과 만났던 것으로 알고 있어요. 그때의 수키는 파편, 그러니까 산산조각 난 상태였나요?

— 겨우 팔레트 안에 담아 뒀는데, 그래서 쓸 수는 있지만 가루는 여기저기 날리고, 보고 있는 것만으로도 답답한 상황이 있잖아요. 계속 쓰긴 불편하고, 그렇다고 버리기엔 아까운 화장품 같았어요. 깨지고 깨져서 버려질 날만 기다리고 있는 사람처럼

느껴졌어요. 스스로 버리는 게 아니라 누군가 버려 주길 기다리며 하루하루 버티는 거 말이에요.

인터뷰 14-1. 캐서린 조지아(미국 뉴저지주 헌터든 카운티, 'ANTI-NRA' 소속 활동가)

— 캐서린 조지아 씨, 당신이 활동하고 있는 '안티 엔알에이'에 대해 소개해 주세요.

— 총기 소지에 반대하는 사람들의 모임으로, 총기 규제 법안을 이끌어 내어 미국 내에서 총기를 몰아내는 게 저희의 궁극적인 목표입니다. 미국 수정헌법 제2조는 미국 건국에 있어 자유의 상징이었습니다만, 지금은 시대가 변했잖아요. 법과 규칙은 절대적이지 않고, 시대에 따라 새롭게 해석되고 변화를 반영해야 합니다. 자, 보세요. 미국에서 영웅의 등장은 트렌드예요. 그럴 수밖에 없어요. 여기선 총기 사건이 너무 빈번히 일어나니까요. 서너 살 아이가 총을 가지고 놀다가 한 살짜리 동생에게 쏘는 그런 곳이에요. 가족과 집을 지키려는 권리가 오히려 나와 타인의 목숨을 위협하는 모순적인 일들이 벌어지고 있습니다. 단언컨대 총기가 규제되기 전까지 위대한 미국은 없습니다.

"민병대는 주의 안보에 필수적이므로 국민이 무기를 소지하고 휴대할 권리를 침해받아서는 안 된다(A well regulated militia, being necessary to the security of a free state, the right of the people to keep and bear arms, shall not be infringed). "

— 미국 수정헌법 제2조(Second Amendment)

사실 미국에서 총기 난사는 이슬람 극단주의자들이나 테러리스트들보다는 자국민에 의해 더 빈번하게 발생한다. 희망의 영웅이 탄생한 에스메랄다 카운티의 경우 정신질환자의 소행이었고, 피트실베이니아 카운티에서 휠체어 영웅이 탄생한 경위를 밝혀낸 결과 연인에 대한 복수가 불특정 다수에게 가해졌다는 것을 확인할 수 있다. 'CNN'의 보도에 따르면 테러로 인한 사망자와 비교해 볼 때 총기 사건 및 사고 사망자의 수는 천 배가 넘는다.

그렇다, 어쩌면 더 심각하고 급박한 문제는 인종차별이나 종교 분쟁 등으로 인한 테러가 아니라 총기 자체일지도 모른다. 총기 관련 문제가 발생할 때마다 총기 구입도 증가하는 등 총이 총을 불러왔다. 어제의 죽음이 내일의 죽음을 데려오는 악순환이 계속되는 가운데 미국총기협회(NRA, National Rifle Association)에 반대하며 규제 강화를 주장하는 단체 '반反미국총기협회(ANTI-NRA, ANTI-National Rifle Association)'가 수키에게 힘을 보태길 부탁했다.

인터뷰 14-2. 캐서린 조지아

— 우린 이목을 끌고 지지층을 확대시켜 줄 누군가가 필요했고, 총기 난사 사건의 피해자였던 수키가 적임자라고 생각했어요. 그녀와의 인터뷰를, 그래서 기대할 수밖에 없었던 거예요. 우리는 그녀에게 말했습니다. 총기가 잘못된 생각을 가진 사람의 손에 쥐어지는 것을 막고 소중한 생명을 지킬 수 있도록 당신이 함께하길 바란다고요. 수키는 당황하더니 우리 손을 잡을 수 없다고 하더군요. 조그마한 목소리로, 아주 수줍게 말했던 걸로 기억합니다. 맞아요, 인터넷을 시끄럽게 했던 그 발언이요.

수키 라임즈 총기 규제로 군수 산업이 침체된다면 실업자가 늘어나요. 스미스앤웨슨만 봐도 알 수 있죠. 그 회사가 얼마나 많은 사람들을 먹여 살리는지 알고 있나요?

— 출처 : 'ANTI-NRA' 수키 라임즈 인터뷰
자료 제공 : ANTI-NRA

인터뷰 1-5. 한준의

— *자, 이제 많은 비난과 논란을 불러왔던 '안티 엔알에이'와의 인터뷰에 대해 이야기해 볼게요. 총기 사건의 피해자였는데도 수키는 왜 총기 규제에 반대했을까요?*

— 마일로 하워드가 그 유명한 총기 회사 스미스앤웨슨에서 일했거든요. 그의 아버지는 38구경 리볼버가 자신을 지켜 줄 거라 믿는 사람이었고, 하워드 역시 다를 바 없었다고 해요. 그 회사가 곧 태어날 마일로 주니어를 키울 거라고 생각했어요. 어떤 마음으로 그렇게 말했는지 알았다면 비난은 좀 적었을까요?

— ……설명했다 한들 어려운 상황은 이어졌을 거예요. 어떤 이들에게는 분노가 닿을 대상이 필요했을 뿐이니까요.

— 그때 수키는 혼자였습니다. 힘들었을 거예요. 누군가 옆에 있어도 기어코 틈을 찾아 파고드는 게 외로움인데 말 한마디 나눌 사람이 없었으니까……. 시간을 되돌릴 수 있다면 그때로 돌아가 그 곁에 있고 싶어요. ……말렸어야 했어요. 한국에 온다는 건 알고 있었어요. 수키는 매일같이 메일을 보내 소식을 전했거든요. 읽긴 했어요. 답장은 하지 않았지만 빠짐없이, 몇 번이고 읽었어요. 이후에 벌어질 일을 예상하지 못한 건 아니에요. 한국 사회는 여전히 나와 다른 타인에 대해 보수적이고 배타적이잖아요. 유색인종, 이런 표현을 쓰고 싶진 않지만 피부도 어둡고 게다가 여성이었으니……. 한국에서 수키는 철저하게 소비됐어요. 그것도 아주 우습게.

인터넷에 유포된 수키의 발언과 관련하여 대중은 동의하는 그룹과 반대하는 그룹으로 나뉘었고, 그에 따라 환호와 비난이 동시에 일어났다. 환호가 금세 끝난 것과 달리 비난은 오래 지속됐다. 총기 규제 찬성론자들과 대척점에 섰다고 해서 수키가 규제 반대론자들의 지지를 얻을 수 있었던 건 아니다. 어떤 보수주의자들에게 수키는 작지만 큰 영웅이 아니라 악이 악을 구한 것에 불과했다. 위대한 미국에서 인종차별은 지금 이 순간에도 일어나고 있고, 수키는 차별받는 유색인종이었다. 더군다나 그녀는 이제 말도 제대로 하지 못하는 이방인과 다를 바 없었다. 이 사회의 구성원에게는 막대한 세금이 투입되고 있었는데 정부의 지원이 지나치다며 소송을 제기하려는 움직임도 일기 시작했다. 이에 수키는 통역 등의 지원을 포기하게 됐고, 상대의 말을 알아듣지 못하고 이해하지 못하는 것을 당연하게 받아들이는 연습을 해야 했다. 수키의 고립은 그렇게 심화됐다.

그러니까 한국의 K-에이전시가 손을 내밀었을 때 수키에게는 그것 말고 다른 선택지가 없었다. 미국 내에서 일어난 논란과 별개로 여전히 한국에서는 수키에게 호의적인 여론이 다수였고, 그렇기에 수키에게 한국행은 일면 좋은 기회로 느껴지기도 했다.

그러나 과연 한국은 기회였을까?

안타깝게도 기회라고 여겼던 것들은 나락으로 떨어지는 길이기도 했다. 수키가 원했던 것은 마음 놓고 잠을 청할 수 있는 집, 그뿐이었을지도. 그러나 그녀가 올라탄 엘리베이터는 본인의 의지와는 상관없이 그저 아래로, 아래로 떨어지기만 했다. 올라탄 후에도, 버튼을 누른 후에도, 엘리베이터가 작동하는 동안에도 수키는 눈치채지 못했지만. 그랬다. 그녀는 집으로 갈 수 없었다.

소피 에반스 나는 좋은 아내였나? 좋은 어머니였나? 좋은 자식이었나? 내가 좋은 경찰이었나? 열심히 살았다고 자부했지만 두 다리와 두 팔이 사라진 지금, 어떤 것도 확신할 수 없다. 나를 망친 건 나였다.

줄리아 리베덤 주말이면 텃밭을 가꾸던 네 뒷모습을, 손길이 닿을 때마다 반질거리던 파키라 잎사귀를, 새순이 돋았다며 기뻐하던 네 미소를, 마침내 피운 붉은 꽃송이를, 모든 순간에 새겨진 우리를, 나는 잊지 않으려 곱씹는다.

9. 호기심의 유통기한

수키가 한국에서 보여 준 행적은 다양한 방송 자료를 통해 보다 구체적으로 확인할 수 있다. 한국의 한 방송국에서 특집으로 방영된 프로그램 「수키, 한국에 오다!」는 그녀의 입국 과정을 자세히 담고 있다. 자, 영상을 보자. 공항을 향해 달려가는 밴 안에서 동행한 프로듀서가 이제 숙희겠네요,라고 말하자 수키는 여권을 내밀며 수키,라고 수줍게 답한다. 얼마 지나지 않아 프로듀서의 말은 사실이 된다. 시애틀 터코마 국제공항에 도착하자 수키를 알아본 한국인들이 숙희를 부르며 환호성을 지른다. 그들은 사인을 부탁하고 함께 사진을 찍길 원한다. 상기된 얼굴의 사람들을 향해 수키는 부드러운 미소를 짓는다. 비행기에 오르자 더 많은 한국인들이 수키에게 몰려든다. 에이전시 관계자들의 얼굴에 기분 좋은 긴장이 감돈다.

이어지는 화면에서 수키는 작은 창에서 눈을 떼지 못한다. 몽실몽실하게 깔린 구름 사이로 한 줄기 빛이 반짝이고 있다. 미소를 짓고 나타난 승무원이 수키 앞에 한국 전통 음식인 비빔밥을 내려놓는다. 수키는 옆자리의 에이전트 김을 따라 동그란 그릇 안에 담긴 쌀밥과 익히거나 볶은 채소 등을 젓가락으로 뒤섞는다. 붉고 노랗고, 하얗고 푸른 것들이 비벼지고, 수키는 그것을 한입 크게 물고는 카메라를 보며 저는 한국 음식을 좋아합니다, 라고 말한다. 어느새 비행기는 한국의 인천국제공항 활주로에 착륙한다. 새로운 땅에서 새로운 삶이 시작되는 순간이었다.

서울에 도착한 수키는 한 민간단체에서 주최한 환영 행사를 마치고 휴식을 취한 뒤 다음 날 남쪽에 위치한 한국 제2의 도시 부산으로 향했다. 그곳에서도 관공서와 학교 등을 오가며 꽃다발을 받고 기념 촬영을 하며 정신없이 오전을 보냈다. 수키가 가는 곳곳마다 방한을 축하한다는 메시지와 환영 선물이 쏟아졌다. 그때 받았던 것들 중 수키는 최신 기종 스마트폰을 가장 좋아했는데, 기존에 쓰던 폰이 노후하여 배터리 문제가 있었기에 '때마침 찾아온 적재적소의 선물'이라며 감사를 표했다. 사람들은 수키의 입에서 나온 고급 어휘에 환호하기도 했다. 오후에는 근교의 김해로 가기 위해 밴에 올랐다. 부산에서부터 김해까지 수키를 밀착 취재했다는 『KH저널』의 보도 기사를 살펴보자.

허황후 신행길 축제에는 예상 참석 인원 만 명을 훌쩍 뛰어넘어 전국 각지에서 사만여 명이 몰려들었다. 수키를 태운 차량이 도착하기 전부터 행사 장소에 모여든 인파는 '허수키'와 '허숙희'를 외쳤다. 한국에 도착한 지 이틀 만에 이방인이 갖게 된 성씨는 우리 김해 지역에 세워졌던 고대왕국 가락국의 왕비, 허황후에게서 차용한 것이다.

— 출처 : 『KH저널』 수키 라임즈 방한 기사
자료 제공 : KH저널

한국의 오래된 역사책인 『삼국사기』 「가락국」 편에 따르면, 이천여 년 전 지금의 인도로 알려진 아유타국의 공주 황옥이 배를 타고 한반도에 도착했다. 황옥은 가락국의 초대 왕인 김수로와 혼인했고 '허'라는 성씨를 갖게 됐다. 황후의 성은 시간을 초월하여 수키에게 전해졌고, 허숙희는 에이전트 김이 가져다준 황금빛 옷을 입고 사람들 앞에 섰다. 이후 진행된 『KH저널』과의 인터뷰에서 수키는 고대 왕비의 드레스를 재현했다는 옷은 어색하지만 어쩐지 신비로운 느낌이 나서 황홀했다고 소감을 밝혔다. '가마'라고 부르는 이동식 의자에 앉아 길을 가는 것도 그녀를 즐겁게 했다. 기자 허강욱은 해당 기사의 마지막에 이렇게 적었다.

그녀가 접했을 많은 언어 가운데 한국어를 할 수 있게 된 것은 유전자의 힘 때문은 아니었을까? 이는 아주 먼 과거부터 예견되어 있던 운명일지도 모를 일이다!

— 출처 : 『KH저널』 수키 라임즈 방한 기사
자료 제공 : KH저널

인터뷰 15. 허강욱(한국 경상남도 김해, 『KH저널』 기자)

— 허강욱 기자님이 쓴 기사를 흥미롭게 읽었습니다. 수키와 한국의 인연을 언어와 역사적인 측면에서 살펴보셨더라고요.

— 인도 우타르프라데시주에 있었던 아요디아 왕국이 바로 아유타국을 가리키지. 흥미로운 점은 그 지역이 우르두어를 사용한다는 거요. 알고 있는지 모르지만 우르두어는 파키스탄의 말 아닙니까? 인도 우르두어와 파키스탄 우르두어는, 물론 단어에서 차이가 있다지만 19세기까지는 힌두스탄어로 불리는 하나의 언어였대요. 지금도 의사소통에는 문제가 없다고 하더군. 우리 식으로 하면 남한, 한국말이랑 북한말이야. 수키, 그 여자가 인도 벵골 출신이잖아. 지도를 보니 우타르프라데시가 벵골 옆 옆이더라고. 우리로 말하면 경상남도와 충청북도인 셈이지. 흥미로운 소재였소. 파키스탄 꼬마, 인도 여자, 그리고 한국말. 참 기이한 이야기지. (오프 더 레코드) 물론 대중은 인간이 먼지로 변하는 걸 더 기묘하게 받아들이겠지만.

우리는 허강욱에게 인도의 주 하나가 남한보다 넓을 수도 있
다는 말은 하지 않았다.

A : 진행자, B : 수키 라임즈

A : 여러 곳에서 출현 제의가 있었잖아요. 그중 저희 방송에
나오신 특별한 이유가 있다고 들었는데요.

B : 리처드 기어가 한국을 방문했을 때 유일하게 출현한 방
송이란 얘길 들었어요. 게다가 삼십 년도 넘게 방송됐다고요.
우리 미국으로 말하면 「오프라 윈프리 쇼」나 「래리 킹 쇼」와 비
슷하잖아요. 유서 깊은 프로그램에 출현하게 되어 제가 영광입
니다.

— 출처 : 「오전마당」 화제의 인물을 만나다—수키 라임즈 편

자료 제공 : KBS1

수키는 다시 서울로 올라와 카메라 앞에 섰다. 두 명의 진행
자와 오십여 명의 방청객, 카메라 너머 수십 명의 제작진뿐만
아니라 수키를 보기 위해 몰려든 사람들의 입에서 감탄이 쏟아
졌다. 그녀의 한국어 발음은 완벽했고, 문장 구사력은 한국인
보다 더 정확했다. 눈을 감고 들으면 의심할 여지 없이 한국어
를 모어로 하는 화자의 것이었다. 대화가 무르익어 갈 무렵 진
행자는 그녀에게 그때의 심정을 물었다.

수키 라임즈 아이를 구해야 했습니다. 위험한 상황에 처한 이에게 손 내미는 건 당연하잖아요.

— 출처 : 「오전마당」 화제의 인물을 만나다—수키 라임즈 편
자료 제공 : KBS1

인터뷰 1-6. 한준의

— 당시 한국 내에서 수키를 향한 관심이 어마어마했던 것으로 기억하는데요.

— 점입가경이었어요. 점점 흥미진진해지는, 동시에 끔찍해지는 전개였거든요. 정말 갈수록 가관이었다니까요. 한동안 텔레비전을 켜면 언제나 수키가 있었어요. 「스타퀸」에 나가서 고진감래나 토사구팽 같은 사자성어를 맞혔고, 「이웃집 메리」에서는 방송 활동으로 분주한 일주일을 보여 줬지요. 「신新비정상회담」에서는, 그때 카메라는 함께 나온 남아프리카공화국 백인 미녀만 찍어 댔고요. 어쨌든 수키는 외국인이 출현할 수 있는 방송은 모조리 나갔어요. 오죽했으면 제가 홈쇼핑을 보는데 캘리포니아에서 수입한 아몬드가 나오자마자 언젠가 저걸 먹는 수키를 보게 될 거라는 생각까지 했을까요. 순간 소스라치게 놀라서 홈쇼핑 채널을 삭제했어요.

예감은 틀리지 않았어요. 얼마 뒤 정말 수키는 카메라 앞에서 펜치같이 생긴 걸로 호두를 깠습니다. 신선함을 강조하려고요.

그게 공개되기 전에 미국으로 돌아갔어야 했는데…… 자기가 무슨 무한 긍정 요정이라도 된 듯 굴 게 아니라 여길 떠났어야 했어요.

케이블 재방송에서부터 인터넷을 떠도는 밈에 이르기까지 수키가 없는 곳은 없었다. 어떤 의미에서 수키와 한국 모두에게 피로한 시간이었다. 그러나 수키가 준의를 다시 만날 수 있었던 것 역시 방송 덕분이다. 다음은 삼 년 전 출간된 한준의의 에세이 『수키에 대하여』의 일부이다.

소파에 누워 하릴없이 채널을 돌리다가 몇 번이나 눈을 비벼야만 했다. 비행기가 흔들리자 수키가 눈을 떴다. 카메라 앵글은 창 너머 짙게 깔린 구름에 맞춰졌다. "그래도 한바탕 비가 내리고 나면 구름은 흐릿해질 것이고 해는 존재를 드러낼 것이다. 그것이 수키의 내일이었다." 내레이션이 끝나고 화면은 공항 입국장으로 바뀌었다. 수키의 방한을 환영하는 플래카드가 곳곳에 걸려 있었다. 수키가 모습을 드러내자 플래시와 환호성이 터졌다. 꽃목걸이를 목에 건 수키가 웃으며 손을 흔들었다. 그 장면을 나는 몇 번이나 재생했고, 그때마다 말했다.
안녕, 수키.
내가 건네는 인사는 친구에게 닿지 못했다.

오랫동안 상자 속에 넣어 뒀던 사진 한 장을 꺼냈다. 우리가 함께 찍은 사진 속에서 나는 호리호리했다. 계산해 보면 삼 주 차, 아기집도 보이지 않고 태아는 점과 같던 시절, 수키는 내 임신 사실을 몰랐다. 그간 전자파 때문에 멀리했던 노트북을 켰다. '수키에게'로 시작한 글은, 안녕, 잘 지내니, 나야, 기억나니 등의 말들로 채워졌다 지워지길 반복했다. 우리의 사이는 과거가 됐고 수키는 멀리 있었다. 그렇지만 나는 어제를 오늘에 이어 붙이기로 마음먹었다.

— 출처 : 『수키에 대하여』
자료 제공 : 한준의

호기심의 유통기한은 길지 않았다. 수키에게 열광하던 사람들은 얼마 지나지 않아 자신과 다른 얼굴의 이방인이 구사하는 완벽한 한국어에 흥미를 잃었다. 시간이 지나자 에이전트 김은 생각지도 못한 일들을 수키에게 소개했다. 활동 영역이 넓어지는 거라고 했지만 수키 역시 상황이 긍정적이지 않다는 것을 눈치채고 있었다. 한국 사회는 외국인을 선호하는 경향이 강한데, 단 영어를 잘하는 전형적인 웨스턴이어야 했다. 영어가 모어라 한들 백인이 아니라면 대우를 받지 못하는데 하물며 수키는 말할 것도 없었다.

미국으로 돌아가도 마땅치 않았다. 모어를 상실하기 전에 수키는 보험회사에서 일했다. 실적에 근거해 뽑히는 보험의 여왕이 되지는 못했고 자리를 유지할 정도는 됐으나 이제는 그마저도 과거의 일이 되고 말았다. 화재보험의 약관은 기억하나 영어로 설명할 수 없는 수키는 보험설계사로 살 수 없었다.

인터뷰 16-1. 소헬 라나(영국 노스요크셔주 요크, 요크 대학교 사회학과 교수, 『포스트 수키의 시대, 우리는 무엇을 고민해야 하는가?』 저자)

— *교수님은 수키 증후군을 고립과 소외의 측면에서 살펴보셨잖아요.*

— 결국 수키 라임즈는 물리적으로, 또 사회적으로 고립되고야 말았습니다. 간과해선 안 되는 게 수키는 이미 오래전 정서적으로 혼자가 됐을 거란 점입니다. 그녀를 포함하여 수키 증후군 환자들에게 있어 언어 교체는 옷이 아니라 몸의 차원에서 이루어진 것입니다. 자신의 생각과 감정을 표현하고 타인과 소통하는 데에 매개체가 되는 언어는 기분 내키는 대로 갈아입을 수 있는 게 아니었으니 말이지요. 몸을 잃지 않은 자들로서는 이해할 수 없는 영역의 일입니다.

실제로 수키 증후군 환자 가운데 이런 케이스가 있었지요. 제1언어를 상실한 이가 제2언어를 원어민처럼 구사한다는 것은 악마가 내린 저주와 다를 바 없다며 유서를 남기고 스스로 목숨을 끊었습니다. 그런데 그 선택에 이르기까지 그가 겪어야 했을 혼란, 고립감과 소외감 등을 이해하지 못하는 대중이 많더라고요. 고작 언어가 바뀐 것뿐인데 그게 뭐라고, 하면서요. 이제는 환자들의 마음을 헤아려야 할 때입니다. 더 이상 미룰 수가 없지요. 정부 차원에서의 대책 마련이 시급합니다.

수키는 할 줄 아는 게 한국어뿐이지만 그래도 남한, 세계 곳곳의 코리아타운들, 북한까지는 갈 수 있을 거라고 생각했다. 그런데 그녀가 고려하지 못한 게 있었다. 수키는 몰랐다. 한국전쟁 이후 둘로 나뉜 남한과 북한에서 사용하는 단어가 달라졌음을, 그리하여 그들도 사전이 있어야 정확한 의사소통이 가능하다는 것을, 하지만 남북한 사전 제작은 정치적 긴장으로 인해 무기한 보류 중이라는 것을. 원래 하나였던 언어는 오늘날에 이르러 높은 장벽을 쌓았고, 그 벽은 남한식 한국어를 구사하는 수키 앞에도 우뚝 서 있었다. 북쪽으로 가는 건 겁나고 코리아타운에 가는 일도 일단 해당 국가의 언어를 조금이나마 해야 유리할 것이기에—물론 영어를 했더라면 큰 문제가 없었겠지만—, 수키가 택할 수 있는 것은 단 하나였다.
　버텨야 한다, 바로 이곳에서.
　한국에서 돌파구를 찾아야만 했으므로 수키는 에이전시가 내놓은, 제안으로 위장한 강요를 거의 모두 수락했다. 그녀는 아침 8시와 오후 6시 즈음에 방송되는 프로그램의 출연자가 되어 방방곡곡의 전통시장을 체험했다. 홈쇼핑에 나가서 캘리포니아에서 재배되어 한국까지 건너온 오렌지와 캐슈너트를 팔기도 했다. 길은 카메라 너머에 더 많았다. 그녀는 지방 각지를 돌며 지역 특산물들, 고추와 마를 양손 가득 들었고 배와 사과를 한입 크게 베어 물었다.

좋은 게 좋은 거다.

그때의 수키가 가장 많이 되뇐 말.

(오프 더 레코드) 그런데 우리는 이것을 어떻게 아는가?

그녀는 자신에게 주어진 상황에 의문을 제기하거나 불만을 표하는 대신 그저 받아들이려 애썼다. 긍정적으로, 가능한 한 최선을 다해 긍정적으로. 그게 자신에게 가장 필요한 삶의 자세라고 생각했고, 또 그래야 좋은 결과를 얻을 수 있을 거라 믿었다. 나쁜 일이 일어난 것을 부정적으로 생각한 자신의 탓으로 여기기도 했다. 모어가 교체된 것도, 한국에 오게 된 것도, 이런저런 방송 일을 하는 것도 좋게, 좋게 생각하다 보면 진짜 좋은 일이 올 거라 믿었다. 그러다 보면 앞으로 일어날 모든 일이 잘될 거라는 희망들이 수키의 주위를 맴돌고 있었다. 희망은 불안, 무력함, 두려움 같은 감정을 꽁꽁 숨기라고,

그래야 하는 거라며 그녀를 다그쳤다. 지금에 와서 수키 블루
(Suki blue)로 불리는, 수키 증후군으로 인한 우울 증상이 그녀에
게도 발현되고 있었다. 후유증이었으나 자신은 몰랐고, 그래서
스스로를 닦달해 가며 수키는 시간을 견디고, 버티고 있었다.

그러나 긍정으로 무장한다고 해서 항상 좋은 결과를 얻을 수
있는 것은 아니다. 우리 모두 알지 않는가. 누군가는 느닷없
이 언어를 교체당했고, 공동체에서 배제됐고, 이런저런 일들
을 할 수 없게 됐다. 긍정적인 자세와는 별개로 일은 일어났고
피할 수도 없었다. 이것은 개인의 영역이 아니었다. 수키에게
필요했던 것은 냉철하게 현실을 인식하고, 할 수 있는 일과 할
수 없는 것, 해서는 안 되는 것을 구분하고 실천하는 것이었
다. 그러나 이것 역시 개인의 영역만은 아니었다.

도로타 고르치카 어딘가에 기대어 살지 않았고 무던히 자기의 두 발로 걸어가던 사람. 그게 나를 외롭게 할 때도 있었지만 네 그런 점이 부러웠던 것 같아. 그래서 내게 있어 그림자도 멋졌던 너는, 그런데 너는 너무 짧게 머물다 가네.

후스니 소니지르 무용가가 되고 싶었어. 아니, 그저 춤추고 싶었어. 무대 위에서 춤추는 이가 흘린 땀이 조명에 반짝이던 순간 결심했지, 나는 오래오래 춤을 출 거야! 길고 긴 시간 애써 왔어. 연습하고 오디션을 보고 떨어지고 좌절하고 다시 일어나는 과정의 반복 끝에 내가 있을 곳은 사이드라인, 그곳뿐이었어. 마침내 언어에 있어서도 사이드라인에 세워지고 말았네.
　눈을 감으면 이 악몽에서 벗어날 수 있을까.

10. 포스트 수키, 혹은 포스트 숙희의 시대

인터뷰 1-7. 한준의

— 수키를 향한 비난은 제임스 퍼킨스의 사망 이후에 본격적으로 시작됐다고 봐도 무방하다고 보는데요.

— 맞아요, 그 사진작가가 죽은 후에 엄청난 비난이 쏟아졌어요. 수키가 많이 힘들어했지요. 거기까지였다면 괜찮았을까요? 다른 영상들이 공개되고 수키는 길을 잃었어요.

인터뷰 17. 노라 퍼킨스(미국 워싱턴주 치누크, 제임스 퍼킨스의 모친)

— 제임스 퍼킨스 씨가 찍은 사진으로 수키 라임즈는 전 세계에 알려졌어요. ……힘드시겠지만 사진을 찍고 난 후 퍼킨스 씨가 어떤 시간을 보냈는지 말씀해 주실 수 있나요?

— 그 망할 놈의 사진을 찍지 않았더라면 우리 아이는 살아 있겠지요. 그 여자를 증오해요. 그녀가 죽길 매일매일 기도했습니다. 결국 신은 제 기도를 들어 주셨지요, 아멘.

수키와는 상관없이 〈인간의 자세〉는 첨예한 논란의 대상이었다. 퓰리처상을 수상한 〈아이와 독수리〉의 캐빈 카터처럼 제임스 퍼킨스 역시 의미 있는 반향을 불러일으킬 순간을 포착했다는 극찬을 받았다. 동시에 생명을 구하기는커녕 스마트폰을 꺼내 사진 찍을 생각만 했다는 이유로 비난도 받아야 했다. 언론사 등을 상대로 사진에 대한 거액의 저작권료를 요구한 일까지 밝혀지면서 그는 사이버 테러를 당하고 온라인에서 살해 위협을 받기도 했다. 권위 있는 매체들에 의해 가치를 인정받은 것과 별개로 어떤 이들에게 그날의 사진은 폐기돼야 할 쓰레기로 여겨졌고, 이에 우울증에 시달리던 스물아홉 살의 청년은 결국 자신의 아파트에서 목을 맨 상태로 발견됐다. 전도유망한 젊은이의 죽음 앞에서 누군가는 피사체에게 비난의 화살을 돌리기도 했다. 그리고 이즈음 두 개의 영상이 추가로 공개됐다.

인터뷰 18-1. 페니 마셜(미국 워싱턴주 시애틀, 디몰 테러 생존자, 당시 디몰에서 가게 운영)

— 당시 언론 인터뷰를 보면 피해액이 상당했던 것으로 보여요. 그리고 당신의 행동에 지지를 표한 사람도 있지만 또 비난도 뒤따랐죠. 그 고백 이후 페니 마셜 씨 역시 쉽지 않은 시간을 보냈을 것 같은데요.

— 그럼에도 전 수키를 원망하지도, 미워하지도 않았습니다. 그녀뿐만 아니라 그날 제 가게에서 많은 것들을 가져간 모두에게도 같은 마음입니다. 수키를 응원했던 마음은 변하지 않았어요. 전 그녀가 편히 쉬고 있길 바라요.

인터뷰 19. 다이앤 제이(미국 워싱턴주 벨뷰, 디몰 테러 생존자)

— "하루에도 몇 번이고 그때의 영상을 돌려보고, 돌려본다. 그리하여 그날이 언제나 옆에 달라붙어 나를 괴롭히지만 그렇더라도 진실을 밝히고 싶기에 나는 어제를 보내지 않는다. 아직은 보내지 않을 것이다." 제가 당신의 인터뷰에서 가장 인상 깊게 기억하는 내용입니다. 디몰에서의 일은, 이제 꽤나 시간이 흘렀어요. 수키 라임즈는 세상에서 사라졌고, 다이앤 제이 씨의 입장은 어떤지 궁금합니다.

— 지금도 오해라고 생각하지 않습니다. 영상을 공개한 일을 후회하지도 않습니다. 진실을 밝히고 싶은 마음을 그 누구보다 당신이 더 잘 알고 있을 텐데요. 그렇기에 지금 이렇게 저와 마주하고 있는 거잖아요. 글쎄요, 저는 다만 지옥 속에서 살아남았다는 것에 감사드릴 뿐입니다.

디몰의 한 액세서리 가게에서 공개한 테러 당시의 CCTV 영상을 보자. 탕, 탕, 탕. 세 발의 총성이 연달아 울린 후 바닥에 바짝 엎드린 종업원과 달리 수키는 몸을 반쯤 세우고는 열려 있는 진열장을 향해 손을 뻗었다. 팔찌와 귀걸이 몇 개가 뒤엉킨 채로 수키의 주머니 안으로 들어갔다. 액세서리 가게의 운영자 페니 마셜은 오랜 고민 끝에 그날의 가려져 있던 일부를 밝힌다며 수키에게 어떤 책임을 묻거나 법적 처벌을 요구하지는 않겠다고 했다. 이 영상은 빠른 속도로 퍼져 나갔고, 믿을 수 없다는 의견과 더불어 수키의 도벽에 대해서도 맹렬한 비난과 조롱이 이어졌다.

〈인간의 자세〉와 다른 방향에서 촬영된 영상도 추가로 공개됐다. 여기서 수키는 뒤돌아 몸을 숙여 뭔가를 집다가 외로운 늑대 알리 무스타파와 눈이 마주치자 빠른 속도로 달려가 몇 발자국 앞에서 울고 있는 모하메드 아슬람을 품에 안았다. 그런데 이때 소년을 마치 방패처럼 들었다는 게 문제였다. 이를 공개한 디몰 테러의 생존자 다이앤 제이는 액세서리 가게의 영상이 공개되면서 그동안 자신을 괴롭혔던 의심이 확신으로 바뀌었고, 이를 밝혀도 좋다는 지지를 얻었다며, 수키에 대한 언론과 대중의 호의적인 반응에 반기를 들었다. 그녀의 주장은 이 모든 것이 편집증적인 오해에 불과하길 바란다는 말로 끝을 맺었다.

논란을 제기한 이들이 보여 준 훈훈한 마무리와 달리 여론은 들끓었다. 아이를 방패막이로 삼은 극악무도한 악녀라는 원색적인 비난과, 수키를 둘러싼 것들이 거짓일지도 모른다는 의심이 온라인상에서 급속히 퍼져 나갔다. 이에 수키에게 찬사와 지지를 보내던 이들은 서둘러 입장을 철회했다. 한국 내 여론 역시 급격히 악화됐고, 결국 수키는 장터와 시골 문화체험 프로그램에서도 하차해야 했다. 방송국 입장에서 한국어가 능숙한 외국인은 대체 가능한 인력이 상시 대기 중인 출연자 무리 중 하나에 불과했기에 논란이 있는 인물을 쓸 필요가 없었다. 숙희의 자리는 또 다른 숙희로 채워졌고, 그렇게 한국판 포스트 숙희의 시대가 출현했다.

수키가 한국에 머물고 있었음에도 미국 내 상황은 더 급박하게 진행됐다. 디몰에서 멀지 않은 공원에서 외로운 늑대에 의한 총기 난사 사건이 또다시 발생했는데, 사람들은 슬픔이 채 가시기도 전에 두려움과 마주해야 했다. 희생자가 나온 지 한 달여의 시간이 흐른 후였다. 미국 질병통제예방센터(CDC, Centers for Disease Control and Prevention)는 브리핑을 통해 워싱턴주 시애틀 내에서 수키와 비슷한 증상을 보이는 환자가 있음을 알렸다. 이내 기이한 소문이 미국 사회를 뒤덮기 시작했다. 수키 증후군이 현재 기술로는 검진되지 않는 일종의 세균에 의한 질병이거나 바이러스에 의한 감염병이라고 믿는 이들이 등장한 것이다.

인터뷰 16-2. 소헬 라나

— "인간이 들을 수 있는 주파수가 있고, 그 주파수 너머로도 다른 소리는 있다. 우리가 들을 수 없다고 해서 존재하지 않는 것은 아니다. 수키 증후군 역시 비슷한 맥락에서 봐야 한다. 이것은 바이러스이다." 이런 주장이 있어요.

— 수키 증후군은, 현재의 의학 기술로는 확인할 수 없는 바이러스가 분쟁과 그로 인한 테러를 통해 퍼지고 있다고 보는 게 맞을 것 같습니다. 감염의 메커니즘을 밝힐 수는 없지만요. 기존의 바이러스처럼 음식이나 비말, 공기 중으로 감염되는 게 아닌데요, 그게 가장 큰 문제입니다. 그 때문에 더 두려운 대상이 되고 말았으니까요. 마스크를 쓴다고 해서, 사회적 거리두기를 한다고 해서 예방할 수 있는 게 아니잖습니까. 최초 발병자 수키 라임즈 이후 몇 년째 수만 명의 환자가 나오고 있지만 발병 원인과 감염 경로도 모르고, 치료법도 요원하니 인류가 그에 대해 부정적 감정을 갖는 것은 당연합니다.

수키를 둘러싼 문제는 거기서 멈추지 않고 논란의 영역을 확장해 나갔다. 수키가 한국에 머물고 있었음에도 미국 내 총기 판매량은 급증했다. 마스크의 해외 수입 및 직구의 규모 역시 이전과 비교하여 큰 폭으로 증가했는데, 이는 아시아계 이민자들을 중심으로 수요가 눈에 띄게 늘어난 탓이었다. 세균, 혹은 바이러스가 아니기에 호흡이나 신체 접촉, 성관계로 인한 감염이 과학적으로 불가능하니 제발 유언비어에 현혹되지 말라는 정부와 전문가 집단의 호소에도 불구하고 공포와, 그로 인한 경계와 적대심은 수그러들지 않았다.

시간이 흐를수록 사람들은 더 적극적으로 움직였다. 거리 곳곳에 피켓을 든 시위대가 등장했고, 수키는 한국에서 유튜브 채널을 통해 시위 현장을 지켜봤다. 그녀는 일시정지 버튼을 누른 후 피켓의 문구들을 찬찬히 읽기 시작했다. 구글 번역기와 함께. '당신 때문에 내 삶이 봉쇄당할 수는 없어!', '내 자유를 끝장 내지 마!' 블루 톤의 피켓에 수키의 시선이 멈췄다.

'미국으로 돌아오지 말라. 최소한의 양심이 있다면 수키, 네 나라로 돌아가라.'

문장들, 비난들. 스마트폰 화면 위로 선명하고 깊은 균열들과 함께 남은 그것들을 만지작거리는데 순간 찌릿한 통증이 느껴졌다. 시련과 고통이 전혀 존재하지 않던 삶이었다고 말할 수는 없다. 배척과 상실 속에서도, 고단함과 외로움 사이에서도, 그럼에도 수키는 자신이 평범한 축에 속한다고 생각해 왔다. 아니, 파문이 일기 전까지는 인지조차 못할 정도로 단조롭게 살아왔다. 그랬던 자신이 맞닥뜨려야 했던 일련의 사태들, 환호에서 비난으로 바뀐 것들로 인해 생이 송두리째 흔들리고 있었다. 손끝에 작게 맺힌 피를 닦아 내며 그녀는 생각했다.

너의 나라라니.

나는 위대한 미국의 국민이 아니었던가.

(오프 더 레코드) 그런데 우리는 이것을 어떻게 아는가? 그
보다 중요한 질문은 따로 있지 않은가?

수키의 나라는 어디인가?

수키가 겪어야 했던 일들, 테러와 언어 교체와 같은 것들은
난데없이 등장하지 않았다. 미시적으로 볼 때는 우연일지 모
르나 분쟁과 갈등은 역사적 산물이었기에 거시적 시선에서는
모든 것이 필연이었다. 인류가 쌓아 온 지난 삶의 결과물은 언
제든지 어디서든지 누구에게든지 나타날 만반의 준비를 마친
상황이었다. 그러나 그 수많은 언제와 어디서와 누구들은 수
키 증후군이 자신들에게는 일어나지 않을 일, 일어나서는 안
될 일이란 믿음을 쥐고 대신 수키들을 표적으로 삼았다. 그들
을 조준하고 있는 믿음이라는 화살에는 혐오라는 독이 발려 있
었다.

인터뷰 16-3. 소헬 라나
— 교수님은 수키 라임즈를 둘러싼 논란들을 '혐오'의 측면으

로도 분석하셨습니다. *조금 더 자세히 말씀해 주실 수 있나요?*

— 미지의 존재는 호기심을 불러옵니다. 신기하기도 하고, 기존에 없던 새로움을 접하는 즐거움도 있겠지요. 정체불명의 것은 공포의 대상이기도 합니다. 알 수 없다는 것은 아득한 어둠 속에 놓여 있는 것과 비슷하고, 그로 인해 제 위치를 파악할 수 없을 때 호기심은 변주합니다. 두렵고 무서운 시간을 이겨내는 방법 중 하나가 바로 혐오입니다. 나와, 나와 가까운 것들, 이를테면 가족이나 친구, 조금 더 넓게는 같은 민족이나 국가, 인종을 제외한 것들이 다 혐오의 대상이 되지요. 시간이 지날수록 내 것의 범주는 축소되고 혐오의 영역은 확대되고요. 수키의 경우에도 그랬습니다. 그녀와, 그녀의 이름을 딴 증후군을 향한 인류의 호기심은 시간이 흘러 두려움이 키워낸 비난과 거부를 그녀 앞에 내밀었고, 마침내 혐오를 앞장 세웠습니다. 그렇습니다, 혐오입니다.

사람들은 혐오를 유희로 바꿔 버리기도 해요. 무료함을 풀어낼 대상이 필요한 것 같기도 합니다. 나와는 다른 피부색, 성별, 민족, 국적, 종교, 직업, 나이……, 공통점이 없다면, 아니 다른 게 하나라도 있다면 누구라도 혐오와 유희의 터가 될 수 있지요. 온라인상에서는 익명의 가면을 쓴 이들의 더 악랄한 공격이 이뤄지고요. 거기에 생각지도 못한 일들이 벌어졌고, 그것들은 결국 혐오를 더 부추기게 된 계기가 됐습니다. 네, 맞아요. 항간에 떠돌던 신체의 먼지화 말입니다. 음모론으로 치부하는 이들이 많지만 저는 그렇게 생각하지 않습니다.

공개해도 좋습니다.

제1언어의 강제적인 변환은 정체성의 문제로 이어졌다. 모어를 잃은 자들은 이제 어디의 누구인가에 대한 질문을 받게 됐다. 태국에 거주하며 학생들에게 한국어를 가르치던 한국인 이하리 역시 그런 케이스였다.

한국어 회화 3강의 시간이었다. 이번 '들어 봅시다'의 주제는 여가 활동으로, '시민 오케스트라' 동호회인의 인터뷰가 듣기 자료였다. 문제를 풀기에 앞서 이하리는 시민에서 출발해 민주주의와 선거, 시위 등으로 어휘를 확장시켰고, 이에 화제는 자연스레 태국의 상황으로 옮겨졌다. 당시 태국 시민들은 퇴근이나 하교를 한 후 맞이하는 여가 시간을 시위로 보내고 있었다. 쿠데타로 현 정권을 장악한 군부 세력에 맞선 시위대는 왕실을 반대하고 철저한 민주공화정을 목표로 투쟁하는 입장과, 왕실은 인정하나 지금과 같은 형태여서는 안 된다는 입장, 타도의 대상은 군부일 뿐 왕실을 모욕해서는 안 된다는 입장 등이 혼재되어 있었다. 이방인 이하리는 해마다 오월이면 민주주의를 위해 싸운 열사들을 추모하며 뜨겁게 달아오르던 도시에서 나고 자랐고, 부패하고 무능하기 짝이 없던 대통령을 끌어내리고자 촛불을 들고 거리를 걸었고, 마침내 역사적인 탄핵의 순간을 목도했던 기억의 소유자였다. 타인의 문화를 존중해야 하지만 그럼에도 이하리는 왕이나 왕실의 사람을 만날 때는 무릎을 꿇고 바닥에 몸을 밀착해야 하고, 그들에게 직접 대학 졸업장을 받는 게 집안의 자랑이 되는 사회를 이해하고 받아들이기 어려웠다. 쿠데타를 일으킨 자들이 왕 앞에서 제가制可를 구해야 한다니, 아니 1932년 시암 혁명(Siamese Revolution) 이후 입헌군주제를 채택하지 않았던가. 물론 그게 입헌의 내용일 수도 있지만 말이다.

그곳은 내국인과 외국인 모두에게 왕실 모독죄가 엄중하게 적용되는 나라였다. 왕실에 비판적인 입장을 취하는 일은 꽤나 큰 용기를 요구하며 미래와 생명을 담보로 하는 일이기도 하다는 것을 알고 있음에도, 그날 이방인은 이곳은 너희가 살아가는 삶의 터전이고, 그러니 왕실에 찬성하든 반대하든, 무엇이 됐든 상황을 직시하고 자신의 입장을 명확하게 정리해야 한다며 자신의 생각을 전했다.

그 발언은 군부의 검열에도 용기를 낸 학생들의 소셜 미디어에 담겼는데, 엉뚱한 결과로 돌아오고야 말았다. 며칠 후 왕실 추종자였던 같은 학교 건축학과 학생이 해바라기 밭 앞에서 고양이에게 간식을 주고 있던 왕실 모독자 이하리를 보고는 그대로 화분으로 머리를 내리찍었고, 그날 이후 그녀는 한국어를 잃고 태국어를 하게 됐다. 밥벌이의 업으로 삼았던 한국어 강사를 그만둬야 했고 존재의 업이었던 소설 쓰기를 포기한 채 전 세계에서 천육백팔십칠 번째, 한국에서는 일곱 번째로 보고된 수키 증후군 환자로 살아가야만 했다.

이하리에게는 소리와 의미가 모두 남은 유일한 모어가 있었는데, 그것은 바로 '존버'였다. 이것은 '존나 버텨'의 줄임말로 무엇을, 어떻게, 왜 존나 버텨야 하는지 알 수 없음에도 그녀는 그 단어를 곱씹으며 자신에 대해 성찰하는 시간을 갖고 그 과정을 기록했다. 그랬다, 비통과 절망 속에 놓여 있던 그녀가 길고 깊은 침잠 끝에 선택한 것은 다시 소설이었다.

우리의 인터뷰 요청에 대한 이하리의 답변서를 보면 한국 문학계에서 이하리에 의해 태국어로 쓰인 후 번역가를 거쳐 한국어로 옮겨진 소설을 한국 문학으로 볼 수 있는지에 대한 논란이 일어났음을 알 수 있다. 다음은 그녀가 우리에게 보내온 답장의 일부로, 이후 「겨울의 지점(Merry winter solstice)」이란 제목으로 발표된 중편소설에 실리기도 한 내용이다.

내게 남아 있는 서사는 절대적인 비극에서 부분적인 희극으로 달라졌다. 변화의 일등 공신은 비극 그 자체였는데 전에 없던 청탁 기회가 온 것도, 그걸 기회 삼아 발표한 소설이 매체에 언급되면서 대중의 관심을 끈 것도, 평단의 논의 대상이 된 것도 모두 작품의 외적 요인, 즉 내가 희귀하며 기이한 것으로 이름을 떨친 수키 증후군을 앓는 환자였기에 가능한 일이었다.

연작 소설 「그게 내가 아는 전부야」와 「연주는 허용하지만 춤은 금지합니다」는 모두 모어를 잃은 화자가 겪어야 하는 혼란과 소외감을 담은 작품들이고, 실제 경험을 바탕으로 쓰인 자전적 소설에 많은 이들의 관심과 동정과 응원이 쏟아졌다. 덕분에 나만이 유일한 독자였던 미발표 소설들까지도 선보일 기회를 얻었다. 「어떤 밤, 춤을 추던」은 촉법소년에 의해 아이를 잃은 부모가 아픔과 마주하는 과정을 그리고 있는데, 이는 위에 언급한 자전적 소설들과 함께 '상실'을 공통 키워드로 하여 회자됐다. 정작 나는 이국을 배회하던 부부의 서사와 그것을 담아 써 내려간 문장을 온전히 기억하지 못했지만 말이다.

긍정적인 반응만 있었던 것은 아니다. 언어의 상실이 공동체에서의 배제와 소외로 이어지는 과정을 담은 「그게 내가 아는 전부야」는 결국 집단에서 타자화된 소수자들의 이야기와 비슷한 맥락이기에 기존의 소설과 비교할 때 발전하지 못했다는 평가를 받기도 했다. 또한 신체 먼지화를 다룬 「연주는 허용하지만 춤은 금지합니다」는 지나치게 자기 연민에 초점이 맞춰져 있다는 점에서 비판의 목소리가 쏟아지기도 했다. 나로서는 감사한 일이었다. 응원도 비판도 읽었기에 가능한 일이지 않나. 좋든 나쁘든 나를 수신자로 하는 메시지를 읽고 있으면 쉴 새 없이 진행되던 소거가 잠시나마 정지되는 것 같았다.

연작 소설들은, 안타깝지만 당연하게도 여름의 말로 쓰였다. 한국어 실력은 전보다 확실히 늘긴 했다. 한국어능력시험(TOPIK) 기준으로 4급 정도는 될 것 같은데, 한국 국적자는 토픽을 정식으로 치를 수 없으니 추정할 뿐이다. 사실 1급이면 어떻고 5급이면 어떻겠는가. 가족과 친구, 나의 사람들과 서툴게나마 대화를 나눌 수 있어 괜찮다. 하지만 소설을 쓰는 일은 달랐다. 여전히 '에'와 '에서'를 명확하게 구분하지 못해 엉뚱한 조사를 쓸 때가 많았고, 그랬기에 한국어로 쓴다면 엉망진창인 문장들로 짜인 소설이 나올 게 분명했다. 나는 내 소설이 여름의 나라가 아닌 한국에서 읽히길 원했고—물론 그곳에서 읽어 주는 이가 있다면 당연히 감사할 일이다—, 그래서 소설들은 번역의 과정을 거쳐 한국의 독자들에게 소개됐다.

번역은 부임한 첫해와 다음 해에 가르쳤던 핌파칸 타난차이가 맡았다. 번역 수업에 들어가서 학생들에게 나는 소설을 쓸 테니 너희는 내 소설을 번역하렴, 그랬으면 좋겠어, 라고 말했었다. 그때 내가 기대한 번역은 한국어를 여름의 말로 바꾸는 것이었지만 결과는 반대가 되고 말았다.

어쩔 수 없죠, 뭐.

얼마 전에 교재에서 본 표현인데 이럴 때 쓰는 거 맞나? 어쨌거나 중요한 건 다른 데 있었다. A의 언어에서 B의 언어로 번역

된 소설은 A의 문학일까, B의 문학일까. 내가 쓴 소설들은 여기
의 소설인가, 저기의 소설인가. 대체 한국 문학이란 무엇인가,
라는 질문이 제기된 것이다. 국문과 복수전공을 시작하고 처음
들었던 전공 기초 과목 '한국 문학의 세계'의 첫 시간, 칠판에
적혀 있던 바로 그 질문이었다.

A의 언어에서 B의 언어로 번역된 소설은 당연히 A의 문학이
겠지만 나의 경우는 좀 복잡했다. 한국인에 의해 한국어로 쓰
인, 한국의 정서를 담고 있는 문학이 한국 문학이라는 고전적이
며 일반적인 정의를 떠올려 보자. 그렇다면,
　1. 작가의 국적이 한국이 아니라면 그가 한국어로 쓴 작품은
한국 문학인가 아닌가?
　2. 작가의 국적은 한국이나 모어가 한국어가 아니라서, 혹은
의도적으로 다른 언어로 창작을 한다면 그 작품은 한국 문학인
가 아닌가?
　3. 한국 국적인 작가가 한국어로 창작을 하지만 세계의 정서
를 담았다면 그 작품은 한국 문학인가 아닌가?
　나의 경우는 1) 한국 국적으로, 2) 한국에 살면서, 3) 한국 사
회상을 소설에 담는다. 그런데 내 작품은 4) 한국어가 아닌 다른
언어로 쓰였고, 그래서 5) 한국에 소개되기 위해서는 번역을 거
쳐야 한다. 그렇다면 내 작품은 한국 문학인가 아닌가?

한국 문학으로 보는 입장은 입에서 입으로 전해진 구비 문학도, 이두나 향찰, 또 한자로 적힌 고전 문학도 한국 문학이듯 외국어로 적혔어도 그 안에 담긴 정서가 한국의 것이라면 충분히 한국 문학이며, 이제 한국 문학의 외연을 확장할 시기가 왔다고 주장했다. 그러나 그때와는 시대와 상황이 다르다며 반대하는 의견도 있었다. 문학의 가치는 언어를 매개로 하여 형성되기 때문에 언어 그 자체가 중요한 것이며, 언어에는 사용자들의 정서와 가치관 등이 반영되어 있다는 점을 고려해야 한다는 것이 그들의 입장이었다. 어쨌거나 한국 문학의 범주에 대해 성찰할 수 있는 계기가 마련됐다는 데에서 의미는 있었다. 그러나,

성찰의 계기가 마련되든 말든 그게 뭐라고.

— 출처 : 「겨울의 지점(Merry winter solstice)」
자료 제공 : 이하리

미지의 세계는 호기심과 두려움을 우리의 양손에 올려놓는다. 우리는 먼저 한쪽 손을 쥐었고, 잠시 뒤 또 다른 손을 있는 힘껏 쥐었다. 바로 그때 숨어 있던 혐오가 공기나 빛처럼 투명한 옷을 입고 사람들에게 들러붙었다. 수키와 유사한 언어 교체 증상을 보이는 이들 가운데 백인의 비중이 높아지자 상황은 급변하기 시작했다. 미국 사회는 당혹감을 감추지 못했는데, 특히 백인들이 받은 충격은 어마어마했다. 우리 또한 예외 없

이 이민자 유색인종의 질병에 걸릴 수 있다, 그것이 미국 백인 중심의 주류 세력이 충격을 받은 이유였다.

이는 처음 수키가 출현했을 때와는 비교할 수 없는 사태를 이끌어 냈다. 미국은 즉각적으로 언어 교체 증상을 보이는 자의 입국을 막는 조치를 취했다. 원인과 치료법을 알지 못하며 언제든지 어디서든지 누구에게든지 일어날 수 있는 위협 앞에서 전 세계가 지켜보는 가운데 미국은 국경의 문을 굳게 닫았다. 21세기 자유민주주의 국가에서 자국민의 입국을 거부하는, 실로 보기 드문 일이었다.

이 같은 조치에는 CIA와 NSA 등의 미국 정부기관이 주도적으로 앞장섰는데, 법적으로 다툼의 여지가 있을 뿐만 아니라 도의적 책임의 차원에서도 문제가 제기됐다. 이에 미국 정부기관의 한 관계자는 이렇게 답했다.

인터뷰 20. ○○○ ○○○○(익명을 요청한 미국 정부기관 관계자)

― *그때 문 안의 사람들은 나서지 않았고, 아무리 두드려도 결코 열리지 않는 문 앞에서 수키는 홀로 서 있어야 했습니다. 국가가 제 의무를 저버린 게 아닐까요?*

― 최선이 아니라 최악을 대비하기, 그것이 재난 앞에서 국가가 임하는 자세가 아니겠습니까? 보안 등급상 위험 그룹에 포함된 수키를 거부하는 것이 더 많은 국민을 살리는 길이었습니

다. 모든 원칙에는 필연적으로 예외가 뒤따릅니다. 수키 증후군 역시 예외에 속하지 않겠습니까? 여기서부터는 오프 더 레코드로 하지요.

(오프 더 레코드) 맞아요. 매우 부적절한 대응이었습니다. 사망률이 높은 질병은 아니지만 이전에 경험했듯 치료법이 없다면 사전에 차단하는 것 말고 할 수 있는 게 없었습니다. 우리의 민낯을 드러낸 행위가 맞습니다만, 다른 선택지가 있었나요?

최근 내가 쓴 소설과 관련하여 일어난 논쟁은, 개인적으로는 모어를 잃은 내가 배제된 자, 영역의 바깥에 놓인 자라는 사실을 확인하는 시간일 뿐이었다. 이 다툼에 반대한다거나 적대감을 갖고 있는 것은 아니다. 설명을 위해서는 범주화의 과정을 거쳐야 하고 누군가는 해야 할 일을 한 것뿐이니까.

누군가에게 내가 쓴 소설은 한국 문학이고 또 다른 누군가에게는 번역된 외국 문학일 테지만 내게는 그저 내가 쓴 내 작품일 뿐이다. 혼자 쓰고 혼자 읽은 소설이 아니기에 한국 문학계에 위치시켜야 한다면 기타, 혹은 각주의 자리에 두길 바란다. 여름의 언어로 쓰인 소설들을 일종의 별책, 한국 문학계에 들러붙은 부록으로 여겨 주시길.

— 출처 : 「한국 문학이란 무엇인가—최근의 논쟁에 붙여」
자료 제공 : 이하리

이하리는 소설을 통해 말한다. 수키 증후군 환자로 사는 일은 세계에서 소거되는 일과 같다고. 모어의 교체와 그로 인한 일련의 사건들은 수키 증후군 환자들, 또 곁에 있는 이들에게도 이전과 이후로 나뉠 수 있는 지점으로 작용했다. 수키의 경우에도 디몰에서의 일이 생의 가장 강력한 분기점이었을 것이다. 그리고 그 이후에는 거대한 공백이 있다. 수키 너머에 있는 우리로서는 감히 짐작할 수 없는 아득한 그것.

소거되는 자들의 이야기에는 어떤 공백이 있다.
그것은 결코 채워지지 않는다.

인터뷰 21-1. 요세프 마드모니(인도 히마찰프라데시주 다람살라 맥그로드 간즈, 수키 증후군 환자)

— 요세프 마드모니 씨, 당신은 지금 티베트 망명정부가 있는 이곳 인도 다람살라 맥그로드 간즈에 머물고 있지만 이스라엘 예루살렘에서 나고 자랐어요. 이스라엘에서의 당신에 대해 들려주세요.

— 이스라엘에서의 저라……. 생각해 봅시다. 지금 당장 어디선가 일어나는 일이라 할지라도 가공된 서사처럼 느껴질 때가 많지요. 따뜻한 목욕물에 몸을 담그고 일주일의 피로를 풀고 있을 때, 좋아하는 영화음악을 들으며 오전에 미처 다 읽지 못

한 책장을 넘기는 해 질 녘에 예루살렘 주위로 어디에선가 생명
이 소멸합니다. 많은 이들이 그 죽음을 알아채지 못하고, 인지
하더라도 덤덤하게 넘기기도 하지요. 죽음의 방문은 어디서든
일어나지만, 대부분 내 집의 문을 두드리진 않으니까요. 보통은
그렇게 생각하니까요.

　세계 곳곳엔 수많은 예루살렘들이 있고, 타인의 일이란 대개
그렇게 흘려보내집니다. 만들어진 이야기 속에서나 존재할 것
같은 일이 내게 일어났을 땐 당연히 믿지 못하고 부정하기도 하
지요. 그리고 그제야 주위를 둘러볼 생각을 합니다. 저 역시 그
런 과정을 거쳤고요. 선조들의 마음을 절실하게 헤아릴 수 있었
다고 할까요. 우리 유대인은 거절당한 사람들이었잖습니까?

　까마득한 과거의 어떤 날 로마군에 쫓겨 이스라엘을 떠났던
유대인은 1948년 미국의 도움 아래 팔레스타인에 이스라엘을
다시 세웠다. 세계를 떠돌던 유대인은 단 한 번도 살아 본 적
없던 고국으로 돌아갔으나, 소련의 유대인들은 소비에트 연방
의 방해로 인해 귀국할 수 없었다. 그들은 여호와의 명에 따라
약속의 땅으로 돌아가지 못한 광야의 모세를 떠올리며 이를 신
의 뜻으로 받아들이고 스스로를 리퓨즈니크(Refusenik), 거절당
한 자로 여겼다. 수키 역시 집으로 돌아가고 싶었으나 미국 정
부의 방침 아래 거부당한 자가 되고 말았다. 그렇다고 해서 수

키는 소련의 유대인처럼 자신이 처한 상황을 신의 계시, 혹은 감내해야 하는 신의 시험으로 여기며 수용할 생각은 추호도 없었다. 그럼에도 한낱 개인이 국가를 이길 수 있는 방도는 어디에도 없었다.

한국은 갈 곳 잃은 이에게 손을 내민 유일한 존재였다. 한국 정부 관계자에 따르면 그들은 수키의 입국 및 체류에 관해 거부할 사유가 없다고 판단했고, 무엇보다 이동의 자유는 인권의 중요한 덕목임을 강조하며 수키의 체류 연장을 허가했다. 이를 두고 한국 내에서 우호적인 목소리만 있었던 것은 아니다. 미국에서도 거부한 미국 출신의 문제적 인물을 정부가 받아들임으로써 스스로 무능함을 증명했다는 비난과 함께, 국가를 위기 상황에 봉착하게 하는 것이 아닌가 하는 비판 여론도 함께 들끓었다. 그럼에도 한국 정부는 투명함과 공개성은 미지의 바이러스나 질병에 맞서는 가장 좋은 방법이라는 입장을 견지했다. 하지만 얼마 후 한국 정부 역시 그들이 세운 방침을 재고해야 하는 때를 맞닥뜨리고 말았다. 우리 모두 알다시피 수키 증후군은 언제 어디서나 누구에게나 발현될 수 있는 질병으로 자리 잡고 말았으니까.

남들과 같지 않다는 이유로 공동체에서 지워지던 자들은, 그러나 사라지지 않고 그 위세를 확장해 갔다. 수키 증후군의 확산은 전쟁과도 같았다. 기존의 화학전, 세균이나 바이러스에

의한 감염병과는 다르지만 불특정 다수를 대상으로 한다는 점
에서는 다를 바 없었다. 그리고 이로써 진정한 의미의 '포스트
수키의 시대'가 도래했다고 할 수 있었다. 소헬 라나는 자신의
저서 『포스트 수키의 시대, 우리는 무엇을 고민해야 하는가?』
에서 수키 신드롬, '수키'라는 한 개인에서 시작되어 인류 전체
의 것이 된 이슈들을 지켜보며 질문을 던진다.

국가란 무엇인가?
위기에 처한 국민을 위해 국가는 무엇을 할 수 있으며 무엇을
해야 하는가?

소헬 라나는 인류가 의문을 갖고 질문을 던지는 순간 진정한
의미의 포스트 수키 시대가 시작되었다고 평가했다. 그렇다,
수키의 사례를 통해 국가의 역할이 무엇인지 고민하는 움직임
이 일기 시작한 것이다. 그럼, 질문을 다시, 그러나 약간 변형
하여 반복해 보자.
위기 상황에서 나를 지켜 주는 이는 누구인가?
무엇이 나를 지켜 줄까?
누구, 무엇에 해당하는 것이 과연 나의 나라, 국가라고 말할
수 있는 이는 있는가? 당신은 선뜻 국가가 나를 지켜줄 거라
고 말할 수 있는가?

제니 차우 네 체취가 남은 것들을 아직은 버릴 수 없어. 언젠간 떠나보낼 수 있는 때가 오겠지. 그때까지 의문을 갖고 질문하고 목소리를 높일게.

　너와 함께 계속 싸울게.

수와나 잔다이 당연한 것이 어디 있겠어. 예전부터 그랬다고 앞으로도 그래야 할 이유는 없어. 잘못된 것들은 바로잡아야지. 이기적이고 기만적인 왕실을 역사의 뒤안길로 보내고 진정한 민주주의를 이끌어 내는 데 언어가 바뀐 내 상황은 문제가 되지 않아. 함께 목소리를 높였던 사람들이 사라지고 있고, 저들은 입을 다물고 있지. 나는 고국을 떠날 수밖에 없었지만 너머에서 맞설 거야. 내가 어디에 있든 우리니까. 내게서 비롯된 먼지가, 그 먼지마저 완벽하게 소멸하는 그때까지 싸울 거야. 내가 어떤 모습이든 우리니까. 그런데 그게 끝일까?

　먼지가 되는 것이, 그리하여 허공을 떠도는 것이 내게 주어진 운명이라면, 업業의 굴레 안에서 너희는 나의 우리가 되고 그렇게 우리들이 될 거야.

11. 그냥 그저 해야 할 일

왼쪽 검지의 일부가 사라졌다. 보다 명확하게 서술하자면 손톱과, 그것이 자리하고 있던 살과 근육, 뼈와 신경을 포함한 왼손 검지의 첫 마디가 먼지로 흩날렸다. 존재하던 것이 떠난 자리는 애초에 아무것도 없었다는 듯 매끈하게 마감되어 있었다. 굳이 '마감'이란 표현을 쓴 것은 목재를 사포로 문질러 마무리한 것처럼 내 검지의 일부가 그런 식으로 정리됐기 때문이다.

— 출처 : 「연주는 허용하지만 춤은 금지합니다」
자료 제공 : 이하리

인터뷰 21-2. 요세프 마드모니

— 이스라엘에서 긴 시간 군인으로 복무하셨다면서요? 공군이었다고 들었습니다만.

— 맞습니다, 저는 이스라엘 공군 장교로서 전투기 크피르(Kfir)를 몰았습니다. 크피르는 히브리어로 새끼 사자라는 뜻인데 그땐 용맹함이 자랑스러웠지요. 가자 지구에 있는 하마스 건

물을 격파하고 돌아온 날이었습니다. 보통 때면 달려와 안기던 딸이 어째서인지 저를 피하더군요. 겨우 붙잡아서 품에 안았는데 울어 버렸습니다.

……두려워하는 눈빛이었어요.

너를 위한 일을 하고 돌아왔단다, 빛나는 너와 우리 이스라엘을 위한 일이었단다. 하지만 이상하게도 말이 나오지 않더군요. 일주일쯤 지나서였나, 그때 알았습니다. 그날 제가 없앤 것은 하마스가 아니었습니다.

……학교였지요, 딸 또래의 아이들이 있던 곳이요.

— *그게 당신 인생에 있어 변곡점이 됐겠군요.*

— 이천 년 전에 떠난 자들이 그 이천 년을 살아온 자들을 쫓아내는 일을 다시 생각하게 됐어요. 함께할 수는 없는 걸까, 함께할 수 있지 않을까. 그리고는 한동안 방패로 살았습니다. 평화 시위를 하는 팔레스타인 사람들 앞에 서는 겁니다. 제가 같은 민족임을 아는 이상 이스라엘 군인들은 총을 쏠 수 없습니다. 히브리어를 잃은 일은 어쩌면 신의 뜻이지 않나 싶습니다. 티베트어를 얻은 것 역시 신의 뜻이겠지요. 그분이 의미하시는 바는 잘 모르겠지만.

— *(오프 더 레코드) 조심스러운 이야기가 될 것 같은데요. 처음 신체 먼지화를 경험했을 때 마드모니 씨가 느끼고 겪어야 했던 것들을 알고 싶어요. 들려주실 수 있나요?*

— 처음에는 현실을 부정했지요. 저 역시 나약한 인간이니까요. 어제까지 존재하던 요세프 마드모니가 오늘부턴 존재하지 않음을 받아들이는 일은 쉽지 않았습니다. 오른팔이 사라진 후 두 달이 지나지 않아서 왼팔도 사라지고 있을 때였어요. 햇살이 내리쬐던 아침이었는데 공기를 떠도는, 한때 제 육신이었던 먼지를 보고 있자니 문득 궁금해지더라고요. 내게서 떨어져 나간 먼지는 어디로 가는 걸까. 누군가에게 닿는다 한들 어떤 인간의 흔적이라는 것을 알 수는 없겠지. 그런데 우리 먼지 인간의 존재는 숨겨져야 하는 건가. 아, 그랬네요. 그런 생각 끝에 방패로서의 삶을 택할 수 있었던 거 같아요.

— *당장 오 분 뒤를 알 수 없잖아요. 그게…… 불안하지 않나요? 당신의 내일이 걱정되지 않나요?*

— 불안과 걱정이라……, 이봐요, 난 수키 증후군 환자예요. 어차피 먼지로 사라질 운명이라고요. 이 역시 신의 뜻이라 생각합니다. 신께서 의지하신 일을 유한한 인간이 온전히 이해하는 게 가능하지 않으니 이해하고자 하지 않습니다. 남은 날들 동안 그냥 그저 해야 할 일을 하는 것뿐입니다. 긍정적인 상황만 기다리고 있진 않겠지만요.

세상의 혼란을, 우리가 두려움의 대상이 되는 것을 이해합니다. 우리의 신체에서 나온 먼지가 어떤 영향을 미치는지에 대해 알려진 바가 없기에 저 역시 혼란스럽고 두렵습니다. 게다가 내가 끝이 아닐지도 모른다는 의심이 절 더 힘들게 하지요. 나로 인해 타인의 삶도 파괴될 수 있다는 데서 오는 두려움을 아마 모르실 겁니다. 거기에 나만 당할 순 없다는 마음으로 일부러 전염시키려는 이들도, 이게 만약 진짜 전염된다면 분명히 있을 테니까요. 맞아요, 보통의 범주 너머에 있는 자들은 있기 마련이고, 그로 인해 사람들은 두려워하고 혼란은 가중되겠지요.

디몰 테러가 일어나기 삼 년 전에 수키는 통신판매 전문회사 베스트 파크의 콜센터에서 일했다. 대개는 오전 8시부터 오후 6시까지, 연중 삼 개월은 야간에 근무하기도 했다. 무선청소기부터 할로윈 파티용 펌킨 가면까지 다양한 상품을 팔면서 매일 욕설을 듣고 성희롱을 당하면서도 오 년이나 다녔던 회사를 그만둬야 했던 것은 아웃소싱 때문이었다. 인건비 절감을 이유로 미국 부서는 와해됐고 인도 뭄바이에 새 지점이 생겼으며 직원들은 모두 실업자가 됐다. 절망에 빠진 동료들은 수키에게 이번 기회에 고국으로 돌아가는 게 어떻겠느냐고 비아냥거렸다. 히잡이나 부르카를 왜 두르지 않느냐고 묻는 이들도 종종 있었기에 놀랄 만한 일은 아니었다.

미국인 잭슨 라임즈와 마리아 라임즈에게 입양된 후 미국인으로 자란 수키에게 인도는 잠재된 기억에는 존재할 테지만 꺼낼 수 없는 땅이었다. 주변 인물들의 증언에 따르면 수키가 제

일 좋아했던 것은 비프스테이크로, 그녀는 레어의 굽기를 선호했다. 수키는 사리를 펄럭이거나 화려한 살와르 카미즈(편자비)를 걸치는 대신 셔츠에 청바지를 입었다. 머리를 길게 기르지도 않았으며 오랫동안 짧은 커트 스타일을 유지했다. 가르마에 주홍색 빈디를 찍어 본 적도 없었다. 아니, 수키는 빈디가 무엇인지도 몰랐다. 텍사스 포트워스의 한적한 길에 세워져 있던 트레일러에서 거품놀이를 하던 순간을 기억의 첫 지점으로 갖는 수키에게 조국은 미국이었다.

수키 라임즈 부모님은 종종 언니가 나무를 닮았다고 말씀하셨어요. 가끔 술에 취해 언니는 나무였다고 말하기도 했지요. 나무 같은 사람이 되라는 건가 싶었어요. 하지만 나무 같은 사람이 뭔지는 알지 못했고, 결국 사는 대로 살아야 했지요.

— 출처 : 「희생하는 인간들」 수키 라임즈 인터뷰
자료 제공 : BBC2

인터뷰 22. 글로리아 라임즈(미국 콜로라도주 덴버, 수키의 조모)
— 글로리아 라임즈 씨, 우리는 수키에 대해 당신과 인터뷰를 ·······.
— 그만 돌아가세요. 그 대책 없이 까만 애는 내 손녀가 아니오. 그러니 내가 그 애에 대해 말할 수 있는 건 없습니다.

라임즈 부부는 수키가 고등학교를 졸업한 직후 교통사고로 사망했고 남은 가족이라고는 조모 글로리아 라임즈뿐이었다. 하지만 조모는 자신과 피부색이 다른 손녀를 인정하지 않았다. 둘 사이의 교류는 원래도 드물었으나 라임즈 부부의 사망 이후 왕래가 거의 없었기에 글로리아 라임즈가 수키에 대해 증언해 줄 수 있는 것은, 본인의 말처럼 거의 없다. 다만 잭슨 라임즈와 마리아 라임즈가 남긴 글들, 일기나 편지 등이 글로리아 라임즈의 집 지하창고에 보관되어 있는 덕분에 수키의 입양과 성장 과정을 조금이나마 알 수 있었다.

1980년대 초반에 기록된 일기에 따르면 라임즈 부부는 젊은 시절 뉴웨이브에 심취했던 히피였다. 그들이 인도 북동부를 여행하고 있을 때였다. 캘커타(지금의 콜카타) 하우라역에서 다르질링행 기차에 오른 그들은 출발한 지 두 시간 만에 볼뿌르역에서 내렸다. 옆자리에 있던 현지인에게서 인근에 있는 산티니케탄에 인도의 시성詩聖 라빈드라나드 타고르가 세운 실험학교가 있다는 말을 듣고 여정을 수정한 것이었다. 정처 없이 떠돌고 있던 두 사람에게 급작스런 여로의 변경은 늘 있던 일이기도 했다.

젊은 히피들은 야외에서 벌어지는 열띤 토론을 기대하며 사이클 릭샤에 올라 학교로 향했다. 그러나 정작 그들을 맞이한 것은 적막뿐이었다. 그들이 가려고 했던 실험학교 비스바바라티 대학교는 방학이었고, 텅 빈 캠퍼스를 걷는 것 말고는 딱히 할 일이 없었다. 마땅한 숙소도, 식당도 없는 곳에서 그들은 겨우 삶은 계란을 구할 수 있었는데 그마저도 버려야 했다. 비건(vegan) 지역인 캠퍼스에서 달걀은 금지 식품이었고 허기지고 지칠 대로 지쳐 버린 히피들은 결국 마리화나를 꺼냈다. 잭슨 라임즈가 말했다.

"이건 풀이잖아. 채식이지. 술은 폭력과 섹스를 불러오지만 마리화나는 내면으로의 침잠을 가져온다고. 평화로운 중독이지. 내면과의 진정한 대화는 시끌벅적한 곳에서 이뤄져야 해. 외부의 어떤 자극에도 굳건하다는 걸 보여 줄 수 있게."

"잔말 말고 피우기나 해."

마리화나를 다 태운 후 히피들은 다시 사이클 릭샤에 올랐다. 다르질링에서 타이거 힐에 올라가 일출을 볼 생각을 하며 볼뿌르역으로 향했다. 먼지를 흩날리며 비포장도로를 달리는 동안 그들은 운명이 기다리고 있음을 미처 알지 못했다.

라임즈들이 플랫폼에 주저앉아 세 시간째 연착 중인 기차를 기다리고 있을 때였다. 몇몇 아이들이 번갈아 가며 그들 주위를 어슬렁거렸다. 언제 감았는지 가늠조차 되지 않는 지저분한 머리를 하고, 얼마나 입었는지 짐작조차 할 수 없는 더럽고 해진 옷을 입은 아이들이 라임즈들을 향해 먼지와 때가 그득한 작은 손을 내밀었다. 인도를 여행하는 몇 개월 동안 구걸하는 이들을 수없이 봐 왔지만 이번에는 달랐다. 히피들은 기차역의 아이들 중 두 소녀에게서 눈을 뗄 수가 없었다. 소나무 기둥처럼 휜 척추를 가진 아이는 자기보다 작은 아이를 왼쪽 골반 위에 앉혔는데, 작은 아이의 몸이 만드는 곡선은 언니의 상체에 꼭 들어맞았다. 기록을 볼 때, 아마도 잭슨이 먼저 말을 꺼낸 것으로 추정된다.

"몇 살부터 아이를 안고 있으면 저렇게 휘는 걸까?"

방랑의 출발이 그랬듯 입양 역시 즉흥적이었다. 그들은 남은 경비를 모조리 털어 두 소녀, 쵸프라 굽타와 찬드라 굽타 모두 미국으로 데려가기로 했다. 하지만 서류 절차가 진행되는 동안, 그러니까 아이들의 보호자 ―어쩌면 앵벌이 우두머리일지도 모를― 와 관련 공무원들에게 뒷돈을 찔러주는 사이 나무를 닮은 아이, 쵸프라가 뇌수막염으로 눈을 감았다. 그들은 곧은 척추를 가졌지만 언니와 비슷하게 될 가능성이 농후한 아이만 데리고 인도를 떠나 미국으로 돌아갔다. 인도의 찬드라 굽타는 새로운 집에서 미국의 수키 라임즈가 됐고, 히피들은 내면과의 대화를 추구하는 대신 어린 생명을 자신들의 삶 한복판에 두게 됐다.

1990년대 중후반, 잭슨이 어머니 글로리아 라임즈에게 보낸 편지에서 수키가 인도에 관심을 두고 있었음을 확인할 수 있다. 그에 따르면, 수키는 같은 마을에 거주 중이었던 사르완

싱과 유대관계를 형성했다. 마을 초입 국도변에서 주유소 겸 마트를 운영하던 그는 인도에서 온 이민자였는데, 인근의 유일한 시크교(Sikhism) 신도로서 턱수염을 길게 길렀고 머리엔 검은색 터번을 단정하게 둘렀다. 수키는 사르완이 인도 출신이라는 이유로 관심을 가졌던 것으로 추정되며, 그 역시 가게에 놀러와 이것저것 질문하는 수키에게 친절한 편이었던 것으로 보인다. 다음은 편지를 바탕으로 재구성한 내용이다.

"아저씨는 왜 머리랑 수염을 안 잘라요?"

"그야 신에게 받았으니까. 이것은 우리가 지키고 지녀야 할 귀중한 다섯 개의 케이(Five Ks) 가운데 하나란다."

"손톱이랑 발톱은 깎잖아요."

"……다른 이야기를 하자꾸나."

시간차를 두고 미국에 자리 잡은 아리아인과 드라비다인의 후손들은 서로 마주 보고 앉아 볼뿌르에서 기차로 서른 시간도 넘게 걸린다는 암리차르와, 그곳 성지에 있다는 신의 집이라는 뜻을 지닌 황금 사원 '하리만디르 사히브'의 아름다움과 성스러움에 대해 이야기를 나눴다. 사르완이 품에서 꺼낸 낡은 사진 속에는 사각형의 푸른 호수 한가운데 자리한 반짝이는 황금의 사원이 있었다. 그것들이 진짜 금으로 만들어졌다는 말과, 매일 많은 사람들이 몸을 씻는 성스러운 물이라는 말에 수키는 화들짝 놀랐다.

"엄청 더러울 것 같은데요."

"아니야, 깨끗하단다."

"아저씨의 신이 보살핀 건가요? 신성한 기적 같은 거예요?"

"이건 필터의 보살핌이고 오존 처리의 기적이지. 그래, 그 저 과학의 힘이란다. 나중에 꼭 한 번 가보렴. 너도 바히구루 (Vahiguru)의 아이니까."

"……글쎄요, 저는 잭슨 라임즈와 마리아 라임즈의 아이인 걸요. 물론 친딸은 아니지만 전 그들의 온전한 아이예요."

"좋은 부모를 만났구나. ……그게 아니더라도, 그래 여행으 로 가는 거지. 여행은 좋은 거란다. 우리의 구루 나나크, 시크 교를 만든 위대한 성인이시지, 그분이 신과 만날 수 있었던 것 도 모두 여행 덕분이었단다. 길을 걸으며 그분은 은둔의 수행 자들을 경험했고, 그것들을 통해 신에게 다가갈 수 있는 방도 를 찾았으니까. 그것이 오늘날 우리가 구원을 위해 매일 하는 수행이란다. 소중한 이여, 신은 진리란다."

형체 없는 영원한 신에게 다가가기 위해 명상을 한다는, 오 직 종교적 수행만으로 구원에 다다를 수 있다고 믿는 사르완 과, 이 세상에서 일어나는 믿을 수 없이 끔찍한 불행들이 곧 신은 존재하지 않는다는 증거라 믿는 투철한 무신론자 수키 사 이에 논쟁이 붙었을 때였다. 누군가 거칠게 가게 문을 열고 나 타났다. 복면을 쓴 무장 강도는 사르완과 수키를 번갈아 보다가 처음의 의도와는 달리 다른 이유로 총을 갈겨 댔다.

"무슬림은 죽어라."

어떤 미국인에게 인도와 파키스탄은 한 나라이고, 스리랑카와 네팔은 인도의 지방도시이듯, 강도의 눈에 인도에서 온 시크교도는 무조건 아랍계 무슬림이었다.

"나는 시크교도입니다. 나의 신은 바히……."

힌두교와 이슬람교가 있었기에 탄생할 수 있었던 시크교의 한 신도가 이 세상에 남긴 마지막 말. 그것을 잊지 않으려고 머릿속으로 곱씹으면서, 동시에 자신에게 총구를 조준한 강도를 향해 수키는 말했다.

"나는 미국인이에요. 내 이름은 수키 라임즈, 나는 하나님을 믿습니다, 아멘."

수키가 할렐루야를 울부짖는 동안 강도는 근처를 지나다 총격 소리를 듣고 곧장 현장에 출동한 보안관에게 붙잡혔다. 그날 사르완은 즉사했고 살아남은 수키는 부모의 손을 맞잡고 하나님께 감사의 기도를 올렸다. 몇 달 전 수키는 할아버지 토니 라임즈의 장례식에 참석하기 위해 난생 처음 교회에 갔었다. 떠돌이 생활은 청산했으나 옷차림과 행동, 정신과 말투에는 히피의 기운이 아직 남아 있던 라임즈 부부와, 짙은 구릿빛 피부의 수키가 나타나자 교회에 모여 있던 백인들은 마치 관에 누워 있는 토니가 일어나기라도 한 듯 웅성거렸다. 썩 유쾌하지 않은 경험이었으나 그마저도 없었더라면 수키는 할렐루야를 외치지 못했을 것이다. 그런데 할렐루야가 답일까? 할렐루야, 혹은 알라를 외치는 것이 위기 상황에 적절한 대응이 될 수 있을까?

'우리 모두 할렐루야를 외칩시다!' 이것은 그다지 좋은 대처법이 아니다. 총구를 겨누는 자는 이슬람 극단주의 테러리스트일 수도, 무슬림 혐오주의자일 수도 있기에 할렐루야가 통할지는 알 수 없다. 마찬가지로 알라 역시 그러하다. 어쩌면 세상에 존재하는 모든 신들은 사실 힘이 없을지도 모른다. 2011년 노르웨이에서는 오슬로 정부청사 근처에서 일어난 폭탄 테러와 우토야 섬에서 열린 청소년 캠프에서 발생한 무차별 총기 난사로 인해 칠십칠 명이 목숨을 잃는 비극이 일어났다. 범인 아네르스 베링 브레이비크는, 그가 쓴 「2083: 유럽 독립 선언」에서 확인할 수 있듯 죽을 때까지 나치즘을 위해 싸우겠다는 백인 극우파 인종차별주의자였다.

그때 그는 아이들에게 아무것도 묻지 않았다.

인터뷰 23-1. 릴리 카숨바(프랑스 루아르아틀랑티크주 낭트, 우토야 테러 생존자, 수키 증후군 환자)
— 아프리카 우간다에서 유럽 대륙으로 온 게 당신이 열두 살

때의 일이었지요?

— 이게 제가 발급받았던 난센 여권(Nansen passport)이에요. 우간다에서 리비아를 거쳐 이탈리아 람페두사에 도착한 뒤 받은 거죠.

— *혹시 며칠 전 알려진……*.

— 맞아요, 엊그제 침몰한 난민선과 같은 루트. 저는 살아남았는데, 그들은……. 전 유럽 여러 나라를 거쳐 마침내 노르웨이에 도착했습니다. 다시는 떠나지 않아도 될 제 삶의 터전이 될 것이라 믿었지요. 노동당 캠프에 참가했던 건 정착한 지 일 년이 채 되지 않았을 때였어요. 경찰이 왔고, 오슬로 시내에서 있었던 폭탄 테러와 관련해 안전 지침을 전달하겠다고 했어요. 당연히 믿었어요. 뭘 의심할 게 있긴 했나요. 그냥 자연스러웠고, 또 감사하기까지 했어요. ……캠프에서 만난 나타샤와 저는 옷장에 숨어 있었어요. 나타샤가 흐느꼈고 저는 그녀의 입을 틀어막았어요. 문이 열렸다가 닫히는 소리가 들렸고 우리는 서로를 꼭 끌어안았습니다. 우리는…… 살아남았어요. 하지만 다른 친구들은……. 벌써 몇 년이 흘렀군요. 난민회의에 참석하기 위해 파리에 갔다가……. 내전, 난민선, 총기 난사, 테러, 모든 걸 겪고도 살아남았다니. 행운인가요, 아니면 저주인가요?

그날 이후 저는 프랑스어를 합니다. 파트너가 프랑스인이에요. 다른 수키 증후군 환자들보단 훨씬 낫지요. 전과 달리 훨씬 내밀한 마음을 섬세하게 전달할 수 있으니까요.

― *지금은 어떤가요? 만족스러운가요? 그러니까 사랑하는
이와 조금 더 진솔하게 대화할 수 있는 상황이니 그게 당신에게
힘이 될 것 같기도 해서 드리는 질문이에요.*

― 글쎄요. 살아남을 때마다 살아남게 해 줘서 고맙다고 신께
기도합니다. 하지만 마냥 행복할 수만은 없지요. (오프 더 레코
드) 종종…… 상상하곤 해요. 완벽하게 먼지가 되기 전에 먼지
가 된다면 어떨까. 상상 끝엔 신에게 묻습니다.

왜 저를 살리셨나이까.

신은 답이 없지요.

옛날에도 지금도, 그리고 앞으로도.

확산 초기 수키 증후군은 일종의 문화로 받아들여지기도 했
다. 어떤 이들은 질병을 와일드 팬츠를 입고 어글리 슈즈를 신
듯 대했다. 다시 말해 세계를 휩쓴 대유행으로서의 수키 증후
군은 패션이기도 했다. 환자 중 일부는 유튜브에 뛰어들었다.
모두가 알다시피 많은 어린이와 청소년의 장래 희망이자, 성
인들의 세컨드 잡, 혹은 이직처로 유튜버가 각광받던 시대였
다. '나는 수키 증후군 환자입니다'를 표방하는 유튜버들 중 일
부만이 눈물을 흘리고 절망하는 내용으로 영상을 채웠다. 대
부분은 질병을 유쾌하면서도 긍정적으로 승화시켰는데, 그러

는 편이 구독자를 확보하고 '좋아요' 버튼을 받을 확률이 높았기 때문이다.

그중에는 수키 증후군 환자인 척하는 이들도 있었다. 개성 있는 콘셉트와 감동적인 서사로 무장한 허구의 투병기는 진짜보다 더 사람들의 시선을 사로잡았다. 구독자와 조회 수는 급격히 증가했고, 그에 따라오는 관심과 수입은 허구에게 당위성을 부여했다. 도덕과 윤리가 힘을 잃은 지 오래인 시대는, 그러나 동시에 정보 시대이기도 했다. 지난날의 자료는 무한대로 쌓여 있었고 검색 역시 손쉬웠다. 진짜와 가짜가 뒤섞인 정보들 속에서 발견되고 선택된 조각들은 증거가 됐다. 어떤 수키 증후군 환자들의 이야기에 있는 공백은 결코 채워지지 않았다. 애초에 다른 곳에 놓였어야 할 조각들로 꾸며낸 서사였기 때문이다. 투병기가 거짓이었음이 폭로되자 그들은 사과 영상을 올려야 했고, 높은 조회 수를 달성하며 응원과 인기와 부를 안겨준 영상도 삭제됐다. 그럼에도 수키 증후군으로 검색되는 자료는 넘치고 넘쳤다. 와일드 팬츠와 어글리 슈즈의 시대가 저물고 다른 아이템의 시대가 열렸듯 다른 패션을 입은 자들, 그러니까 다른 질병을 앓고 있다는 고백으로 프로필을 채운 유튜버가 언제든지 투입되어 자리를 대신했다.

수키 역시 유튜버로의 이직을 고민하지 않은 것은 아니었다. 그러나 너무 늦거나, 혹은 이른 일이었다. 선점한 인력이 많아

파이는 이미 잘게 나뉘어 있었고 그녀를 향한 부정적인 여론도 쉽게 사그라지지 않았다. 같은 고통 속에 있는 이들에게 위로받을 수 있지 않을까 하여 수키 증후군 환자가 개설한 유튜브 채널을 구독하던 그녀는 "그래도 저는 가족들의 돌봄 속에서 행복을 느끼며 감사하는 마음으로 지내고 있어요."라는 유튜버의 고백을 열 번 정도 반복 시청한 후에 구독을 취소했다.

수키는 뜨거워진 스마트폰을 가만히 들여다봤다. 새 폰은 후속 버전 폰들이 등장하면서 구형이 됐고, 땅에 몇 번 떨구면서 흠이 생기기 시작했다. 처음엔 가볍게 가는 금으로 시작했으나 사소한 균열은 더 큰 균열을 가져 왔고 어느 순간 박살났으며 만지면 만질수록 미세한 유리 조각이 손끝에 달라붙었다. 수키는 일부러 액정이 깨진 왼쪽 화면을 검지로 꾹 눌렀다. 피는 나지 않았다.

아직 통화는 할 수 있다. 울리지 않은 지 오래였지만. 메시지와 메일을 보낼 수 있다. 스팸만 오긴 했지만. 속도가 느려져 불편하긴 하나 검색도 할 수 있고 지도도 볼 수 있다. 폰이 그러하듯 생도 마찬가지였다. 새끼손가락 하나 없어졌다고 생이 끝난 건 아니었다. 제 몫으로 주어진 삶을 컨트롤할 수 있는 기회가 사그라지고 있다는 것을 느끼고 있었으나 그럼에도 그녀는 일어서야 했다. 비웃음의 아이콘으로 전락했을지라도 살아남아야만 했다. 소멸하는 신체와 지워지는 인격 앞에서 수키는 다시 삶을 소망하기 시작했다.

(오프 더 레코드) 그런데 우리는 이것을 어떻게 아는가?

아침저녁으로 바람이 차가워진 시월의 어느 날이었다. 한 인터넷 개인방송 팀이 수키를 찾아왔다. 그들은 자신들의 프로그램을 평화를 추구하는 고품격 교양 방송이라 설명하며 그에 걸맞게 평화의 상징 수키와 노벨평화상에 관한 대화를 나누겠다며 인터뷰를 요청했다. 실은 술을 마시고 시시껄렁한 농담으로 시간을 채울 심산이었지만. 수키 역시 짐작은 하고 있었으나 먹고사는 일은 체면보다 중요했기에 카메라 앞에 앉았다. 당시 녹화 영상을 요약하면 다음과 같다.

좁고 시끌벅적한 술집, 유튜버가 맥주와 소주를 번갈아 보며 몇 대 몇인가요?,라고 묻는다. 삼 대 칠? 정확한 비율은 모르겠어요. 감으로 하는 거라. 한국에서는 소맥만 잘 말아도 절반은 먹고 들어가는 것 같아요,라고 수키가 말한다. 취기가 오른 그녀는 소주와 맥주를 반반의 비율로 섞는다. 유튜버가 불콰해진 얼굴로 묻는다.

"야, 그때 총 맞았을 때 어땠냐? 존나 쫄았지?"

"좆나 짜증나네. 씨발, 궁금하면 니가 맞아 보든지."

"야, 이 씨발년 욕하는 거 들어 봐라."

그 순간 수키의 시선은 벽에 걸린 텔레비전 화면에 멈춰 있다.

미국 애리조나주 피만 카운티의 한 동물원에서 늑대 우리에 떨
어진 아이를 구하기 위해 늑대에게 총을 쐈습니다. 늑대는 그 자
리에서 즉사했습니다. 자세한 소식, 김재현 특파원이 전합니다.

— 출처 : 「오늘의 9시 뉴스」 관련 보도
자료 제공 : MBC

"왜 늑대가 죽어야 해?" 수키의 말과 동시에 정적이 흐른다.
모여 있던 사람들 모두 수키를 멍하니 바라본다. "사람도 생
명, 늑대도 생명, 생명은 모두 소중한데 왜 늑대가 죽어? 늑대
가 무슨 잘못을 했다고 저렇게 죽어야 되냐? 내 공간에 들어온
건 갠데 왜 내가 이렇게 되냐고요. 씨발, 진짜 좆같다. 안 그래
요? 좆나 짜증나는 세상이잖아." 자조 섞인 말끝에 수키는 테
이블에 고개를 숙인다. 해당 영상은 그녀의 어깨를 세게 흔들
며 짜증을 내는 유튜버의 뒷모습으로 끝이 난다.

수키의 말은 랜선을 타고 금세 퍼져나갔고, 영상에는 빠른
속도로 '미국에서 쫓겨난 인간을 받아 주는 게 아니었어'와 같
은 댓글이 달렸다. #너희 나라로 돌아가, #양키 고 백 홈—수
키를 위해 영어가 아닌 한국어로 쓰였다—, 이런 식의 해시태

그를 단 소셜 미디어 게시물도 급속도로 증가했다. 온라인상에서 의기투합한 사람들은 수키에게서 허숙희를 빼앗고 새로운 별칭을 부여했다. 한국의 언어학자 정혜미가 쓴 논문 「신조어로 알아보는 2010년대 중후반 한국사회의 단면」을 보자.

연령이 어릴수록 자신들의 개성을 담고 또래집단의 결속력을 강화시킬 수 있는 새로운 언어를 만드는 경향이 있다. 기성세대가 속담과 사자성어를 그대로 사용한다면 젊은 세대는 새로운 단어를 만들고 이를 풍자가 가미된 놀이의 차원으로 승격시키기도 한다. '—족'이라는 전통적 접미어로 명명되던 세대나 집단별 특징은 이제 명사+er, 혹은 ian의 꼴로 표현된다. 시위에 혼자 참여하는 '혼참러(혼참—혼자 참여의 준말+er)'와, 숙희로 불렸던 인도계 미국인에게서 비롯한 '수키언(sukian)'이 그 예이다. 이 단어들은 2010년대 중후반을 대표하는 세태어에 해당한다. ……(중략)…… 특히 수키언의 경우 다음의 상황에 사용된다.

— 사례 1. 허황된 말이나 쓸데없는 말을 비난할 때
A : 나 한강이 보이는 60평대 아파트에서 살 건데.
B : 너 수키언 같은 거 알지?
→ '귀신 씻나락(씨나락) 까먹는 소리 하네'와 유사한 의미로 사용된다.

— 사례 2. 겉과 속이 다른 것을 비난할 때

A : 난 그 사람 이해해, 이해는 한다고.

B : 너 수키언이구나.

→ '표리부동表裏不同', '소리장도笑裏藏刀' 등과 유사한 의미로 사용된다.

— 출처 : 『어문연구』 51권 6호 「신조어로 알아보는 2010년대 중후반 한국사회의 단면」
자료 제공 : 정혜미

술에 취해 국민을 상대로, 그것도 외국인 여성이 욕설을 내뱉은 것도 문제였지만 수키가 인간을 살리기 위해 늑대를 사살한 것에 의문을 제기했다는 점에서 논란은 가중됐다. 한때 휴머니즘의 상징이었기에 더욱 거센 비난이 일어났다고도 볼 수 있을 것이다. 총기 규제에 반대 의견을 표했을 때부터 수키의 반인륜적인 사고를 알아봤다는 사람도 있었고, 그녀를 나락으로 미는 데 일조한 사진과 영상은 위치와 각도로 인한 시선의 오류를 논할 필요도 없이 진실이며, 그녀가 사이코패스나 소시오패스일지도 모른다는 주장을 하는 사람도 있었다.

수키를 더 당혹스럽게 한 것은 테러 조직과의 연관설이었다. 원래 인도계 무슬림이었던 수키가 이슬람국가 혹은 다에시의 사주를 받아 한국에 테러를 일으키기 위해 침투했다는 루머가 돌기 시작했다. 심지어는 작금의 사태로 인해 한국이 테러방지법을 가져야 하는 근거가 마련됐다는 논평을 내놓는 언론도 있었다. 어쩌면 이 모든 설說이 테러방지법을 추진한 정치세력의 작품이 아닌지 의심하는 이도 있었다. 한준의의 말대로 점점 흥미진진한, 동시에 끔찍한 서사였다. 그 중심에는 수키가 있었으나 모두 그녀의 의지 너머에서 일어난 일들이었다.

인터뷰 23-2. 릴리 카슘바

— 수키 증후군 환자들이 겪는 고통 중 하나가 무수히 쏟아지는 날선 비난들과 마주해야 한다는 거예요. 그중 대다수는 말도 안 되는 것들이었는데요. 세상은 수키 증후군 환자들을 자신의 분노나 불안을 버리는 쓰레기통으로 여겼던 것 같아요.

— 네, 저 역시 그랬어요. 난민선에서 손을 붙잡고 있던 언니를 잃고, 캠프에서 저와 비슷하게 목숨을 걸고 국경을 넘었던 친구를 잃고, 또……. 잃고, 잃는 동안 얻은 건 모두 당신 때문이라는 비난과 재수 없는 년이라는 모욕이었습니다. 인생이 꽤나 지루한 사람들이 있어요. 그들 중 어떤 이들은 타인의 삶을 장난감으로 삼곤 하지요. 인터넷만 연결되어 있다면 손가락질하는 게 쉬운 세상이고, 그곳에서 가장 흔들기 쉬운 건 타인의 삶이지요. 수키 라임즈만 죽음의 사자로 불린 건 아니에요. 우리 모두가 죽음을 연상시키는 자들이었어요. 심지어는 당신이

메일로 얘기했던 작은 아이 보나까지도요.

맨 처음 우주가 탄생했을 때부터 지금까지, 그리고 앞으로도 우주가 사라지지 않는다면 원자는 영원히 살아 있다고 한다. 그럼 나도 사라지지 않는 거다. 물론 지금은 다리가 없긴 하지만 어딘가 다리가 있는 거다. 그래서 나, 보나 에버라드가 모두 사라진 후에 무엇으로 남고 싶은지 생각했다.

나는 강아지가 되고 싶다. 털이 부들부들하면 좋겠다. 그래서 엄마가 울면 엄마를 부드럽게 안아 주고 싶다. 나는 커다란 메타세쿼이아가 되고 싶다. 학교에서 집에 오는 길에 오빠가 잠깐 쉬어 갈 수 있게 아주 큰 나무가 되어 그늘을 만들어 주고 싶다. 또 나는, 내가 달이랑 별을 좋아하니까 달과 별이 되고 싶다. 근데 그렇게 되면 우리 가족을 만나러 오는 데 시간이 너무 오래 걸릴 것 같기도 하네. 그래도 매일 만날 수 있으니까 달과 별이 좋겠다.

— 출처 : 보나 에버라드의 일기
자료 제공 : 보나 에버라드

당시 수키에 관한 기사에 주도적으로 악성 댓글을 남겼던 이들에게 인터뷰 요청을 했으나 거의 대부분 '제가요?', '제가 그런 글을 달았다고요?', '기억나지 않습니다.'와 같은 답들이 돌아왔다. 인터뷰는 거절당했지만 동일 사건에 대한 기억은 가해자와 피해자에게 다른 농도로 남아 있다는 것을 분명하게 알수 있었다. 전자에게 그것은 무수하게 쌓이는 다른 기억들 속에서 희석되어 먼지처럼 사라졌으나, 후자에게는 질퍽하게 달라붙었고 급기야 스스로를 자학하기에 이르렀다.

인터넷에 들어가면 나를 향한 비난을 봐. 확인하지 않고, 보지 않으면 되는 걸까? 그런다고 해서 욕설이 없어지는 건 아니잖아. 그것들이 대기를 떠돌며 숨을 조이고, 또 덩어리로 뭉쳐져서 나를 때리는 것 같아. 어제까지 이야기할 수 있었던 사람이랑 멀어지는 건 늘 내 마음을 아프게 해. 하지만 곧 다른 사람이 나타날 거라고 네가 말했잖아. 마음껏 말하고 싶어서 한국에 왔어. 외롭지 않게, 불안하지 않게 살고 싶었어. 하지만 발 디딜 곳은 점점 줄어들고 있어. ……갈 곳이 없다.
준의, 너는 지금 어디 있니?

— 출처 : 수키 라임즈가 한준의에게 보낸 이메일
자료 제공 : 한준의

메일을 발송하고도 수키는 한참 동안 폰을 붙잡고 있었다. 그녀는 자신이 손에 쥔 그것처럼 느껴졌다. 아니, 그것만도 못한 존재였다. 이미지가 많은 화면을 로딩하는 데 오랜 시간을 소요하고, 렉 걸림으로 인해 전원을 껐다 켰다를 반복해야 하며, 액정의 금은 시간이 지날수록 길게 뻗어 갔지만 형편상 버릴 수는 없었다. 그럴지라도 폰의 세계에서는 이 년이든 삼 년이든 약정이 끝난 후 뭐라도 할 수 있는 자유가 주어지나, 그와 달리 자신의 세계에서 약정은 유효하지 않은 단어였다. 엉망진창이 되어 버린 자신의 생에 별 뾰족한 수가 없다는 것을 수키는 알고 있었다.

(오프 더 레코드) 그런데 우리는 이것을 어떻게 아는가?

어두운 방 안에 홀로 앉아 수키는 생각했다. 그날 몰에 가지 않았더라면, 마일로와 함께 제시가 일하던 펍에 가지 않았더라면, 마일로를 알지 못했더라면, 아니 부모가 예정대로 다르질링행 기차를 타고 히말라야에 올라가 타이거 힐에서 일출을 감상했더라면. 그렇게 거슬러 올라가다 애초에 존재하지 않았으면 좋았을 인생이란 결론을 내린 그녀는 다음 날 해가 뜰 때까지 덩그러니 앉아 있었다. 오전 8시를 알리는 알람이 울렸고, 설정 시간에 맞춰 자동으로 켜진 텔레비전에서 「이탈리아 남자 줄리오의 장터 탐방기—화개장터 편」이 방송됐다. 그러나 수키에게는 아직 누군가, 무언가 남아 있었다. 미공개된 「수키의 고백」의 열 번째 이야기는 환호에 취해 있는 동안 대나무 숲은 사라졌으나 숲에서 불어온 바람만큼은 분명하게 느낄 수 있었다는 말에 이어, 다음과 같은 내용으로 끝을 맺는다.

"알래스카 늑대가 말하길,

인간들이 나타났을 때 우리는 이미 죽었을 겁니다. 자살을 했거든요. 그들이 늑대를 사냥하는 방법은 바로 자살한 늑대를 찾는 것입니다."

그 누구도 궁금해 하지 않았으나 그럼에도 묵묵히 자신의 이야기를 써 내려가던 수키는 결국 여기서 펜을 내려놓았다. 수키가 세상에 남긴 고백은 하필이면 왜 자살한 늑대에 대한 이야기로 끝을 맺어야만 했을까?

조엘 리 ······나에 대해 무엇을 말할 수 있을까?

저는 수키 증후군 환자입니다.

누군가는 기적이라, 또 다른 누군가는 괴물이라 부릅니다.

아니야, 나에 대해 뭐라고 말해야 할지 모르겠어. ······그 일이 있기 일주일 전이었어. 거북이라는 이름을 가진 섬에서 돌고래 떼를 봤어. 수족관 말고 처음 보는 돌고래였어. 자유롭고 평화롭게 보이더라. 물론 언제 어디서든 공격하는 것들이 튀어 나올 테니 완벽한 자유와 평화는 아니겠지만. 근데 뭐, 세상에 완벽한 게 어디 있겠어. 그런데 말이야, ······진짜 같은 가짜는 존재하지 않아.

제나 프로벤자 난 스스로를 꽤나 참여하는 인간이라고 생각했어. 분노하는 것에서 멈추지 않고 나아가 폭로하고 행동함으로써 희망을 꿈꾸던 시절이 있었지. 하지만 살다 보니 희망이 언제나 긍정적인 결과만을 가져오는 건 아니더라고. 지금의 나는 그저 방관자에 불과해. 나를 이렇게 변하게 만든 건, 그래 모두 이것 때문이야.

어쩌면 좋을까. 나는,

······살아 있다는 느낌이 들지 않아.

12. 감자와 알루 사이

　알래스카의 이누이트들은 늑대를 사냥할 때 날카로운 창끝에 동물의 피를 발라 들판에 세워 둔다고 한다. 그렇게 해서 피 냄새를 맡은 늑대들이 모여들게 되는데, 허겁지겁 달려든 늑대들은 창을 핥다가 죽는다. 추운 바람에 혀는 마비되고, 하지만 허기는 가시지 않아 계속 혀를 들이밀다가 죽음에 이르는 것이다. 수키로 인해 한국이 시끄러웠을 때 나는 알래스카의 늑대 사냥을 떠올렸다. 소수의 VIP에게만 배포된다는 달력 속 시월의 수키는 나체가 되어 인터넷 세상을 떠돌고 있었다. 농락당하는 친구를 위해 내가 해야 할 일이 무엇인지 생각하고, 또 생각했다. 어려울 때 돕는 게 진짜 친구야, 나는 잠든 아이를 끌어안고 중얼거렸다. 수키를 만나야 했다.

— 출처 : 『수키에 대하여』
자료 제공 : 한준의

　혼자 해내야 해.

그러니 더 바짝 정신 차리자, 수키.

아직 버틸 수 있다, 수키.

— 출처 : 수키 라임즈가 당시 머물던 방에 남긴 낙서들

자료 제공 : 윤금순

수키는 당시 거주하고 있던 지역 다문화 이주민 플러스센터
직원에게 귀화를 권유받기도 했고, 실제로 적극적으로 귀화를
준비했던 것으로 보인다.

인터뷰 24. 강은형(한국 서울, 다문화 이주민 플러스센터 직원)

— 수키가 한국에 머물 당시 강은형 씨가 그녀의 생활에 많은
도움을 주셨다고 들었어요. 함께 귀화를 준비한 적도 있다면서
요?

— 제가 권유를 하긴 했습니다만, 좋은 결과는 얻지 못했어
요. 수키 씨는 백 점 만점에 육십 점 이상이면 되는 시험에 불합
격했지요. 귀화 시험이 굉장히 어렵습니다. 사회 통합 프로그램
기본 소양 평가는 한국인인 저도 틀리겠더라고요. 그건 한글을
알고 한국말을 할 수 있다는 수준을 넘어서요. 단순하게 언어만
아는 게 아니라 사회와 역사, 그리고 문화 전반에 걸친 지식과
이해가 필요해요. 심지어 구술과 작문도 있어요. 그분은 에세이
에 소질이 없다고 했지요. 한국어 문제가 아니라 기본적인 작문

실력이 없었던 거예요.

비록 영어를 잃고 오직 한국어만 구사할 수 있는 상황이긴 했지만 자신이 미국인이라는 생각이 강했어요. 한국인으로 살겠다는 의지가 약했단 말입니다. 그런 상태에서 귀화 시험에 합격하기란 쉽지 않았을 거예요. 국적을 바꾸는 일은 서류상의 정보를 고치는 것을 넘어 정서 등의 문제와 긴밀하게 닿아 있는 일이잖아요. 설혹 국적을 바꾼다고 해도 여기 사는 게 쉬운 문제는 아니고요. 어디서든 이방인으로서의 삶은 쉽지 않은 데다가, 아시다시피 유색인종이었잖아요.

흰색은 색인가. 검은색도 색인가. 이름에 '색'을 달고 있으니 색이다. 유색의 반대는 무색無色이고, 무색은 문자 그대로 색깔이 없는 것을 가리킨다. 다시 말해 물리학적으로 볼 때 흰색과 검은색은 색깔이 없고, 일반적으로 투명한 색을 무색이라고 한다면, 그렇다면 유색인종의 반대인 백인은 피부색이 없는 투명한 이들인가. 그러나 세상 어디에도 투명한 인종은 존재하지 않는다, 적어도 아직까지는. 수키 증후군 환자가 발생하듯 투명한 신체를 가진 인류가 등장할 수도 있겠지만.

어쨌거나 유색인종이나 살색 등의 어휘가 통용되는 세계, 다시 말해 특정 인종을 표준으로 삼고 다른 인종을 구분하는 단어가 존재하는 사회에서 이방인으로서의 삶은 녹록지 않았다.

한국 사회가 이방인에게 우호적이었다면 귀화에 재도전했을 수도 있지만 은근하게 퍼져 있는 보수적인 사고는 뿌리 깊었고, 수키 역시 이를 알고 있었다. 무엇보다 귀화란 국적을 바꾸는 일만을 의미하진 않는다.

귀화의 사전적 정의는 다음과 같다.

1. 다른 나라의 국적을 얻어 그 나라의 국민이 되는 일.
2. 원산지로부터 다른 지역으로 운반된 생물이 그곳에 뿌리를 내려서 야생 상태로 번식하는 일.

인터뷰 5-2. 아프로 사라판

— 저기 모스크 앞 모로코 식당이 제 일터입니다. 여기도 터키 식당, 저기도 터키 식당, 터키 것만 많은데 얼마나 다행인지 몰라요. 이곳에 우리 커뮤니티가 있어서 살 만합니다. 아르메니아어를 가르쳐 주는 봉사자도 있습니다. 가르치는 사람, 배우는 사람 모두에게 힘든 시간입니다만, 우리 아르메니아인은 포기하지 않습니다. 안식일에는 교회에 갑니다. 아르메니아 정교회의 교회이지요.

(오프 더 레코드) 물론 알고 있습니다. 언젠간 먼지로 사라지겠지요. ……흔적도 없이 세상에서 지워지겠지요. 그래도 먼지가 되는 그날까지 잘 살아 보려고요. 그게 하나님의 뜻이니까

요. 저는 그렇게 믿습니다.

「수키의 고백」 중 공개되지 않은 일곱 편의 에세이와 『수키에 대하여』를 통해 수키의 마지막을 추정할 수 있다. 특히 마지막 열 번째 편에는 경제적 어려움에 처한 상황이 구체적으로 서술됐다. 해당 에세이에 따르면 수키는 에이전시로부터 계약 만료 후 연장 불가를 통보받았다. 애초에 회사는 단기 계약만을 고려했다고 한다. 수요가 있을 때 바짝 벌고 빠지기가 그들의 영업 방침이었다. 5.7피트에 185파운드, 한국식 측정법으로 174센티미터에 84킬로그램의, 피부가 검은 여성보다는 금발의 푸른 눈동자를 가진 늘씬한 백인 여성이 시장에서 상품성이 있었을 테니, 이윤 추구를 최대이자 최선의 목표로 하는 회사로서는 당연한 선택이었을 것이다.

그간 여기저기 불려 다녔으나 수키가 손에 쥔 것은 얼마 되지 않았다. "유지비 생각하면 이것도 많이 챙긴 거라니까요. 원체 많이 먹어야제." 수키는 에이전트 김의 말을 곱씹으며 냉장고에서 식빵을 꺼내 버터를 듬뿍 발랐다. 싸구려 가공 버터에선 미끄덩한 기름기만 느껴질 뿐 풍미 같은 건 없었다. 수키는 일주일째 식빵만 씹고 있었다. 한국말을 하게 됐다고 수키의 식성과 입맛까지 한국식으로 바뀐 건 아니었다. 한국 서울에서 사는 것은 미국 대도시 생활과 다를 바 없이 팍팍했고,

수키와 숙희 모두에게 먹고 사는 일은 벅차기만 했다. 그녀는 한 시간 전 집주인 윤금순과의 통화에서 월세를 못 내면 보증금에서 공제하겠다는 말을 들어야 했다. 가공 버터가 발린 식빵을 물도 없이 삼키며 수키는 내일과 모레를 그려 보았다.

어두컴컴하다.

한국으로 향하던 비행기 안에서 봤던 빛, 몽실몽실한 구름을 뚫고 나타난 한 줄기 빛이 실은 자신을 나락으로 떨어트릴 벼락이었다는 것을 수키는 그제야 인정할 수 있었다.

귀화 시험에 실패하고 한국에 뿌리내리려던 계획이 어그러지자 다시 수키의 인생에서 침대가 차지하는 지분이 높아지고 있었다. 앞서 우리는 디몰에서의 일이 수키가 맞닥뜨린 생의 분기점이라고 말했다. 하지만 그렇게 단정해서는 안 될지도 모르겠다. 침대 외엔 있을 곳이 없었던 그녀는 그럼에도 그곳을 벗어나려 애썼다. 또 다른 분기점이 있을 거라고 믿었기 때문이다.

그곳에는 진짜 발효 버터가 있길 바라며 침대에서 빠져 나온 수키는 일자리를 찾기 시작했다. 패스트푸드점, 카페, 옷가게 등 거의 모든 곳에서 거절당했는데 딱 하나, 그녀를 채용한 곳이 있었다. 수키는 한준의에게 메일로 취업 사실을 알리면서 그곳을 "인도에 있다는 거대한 문을 축소시켜 만든 입구가 인상적인 가게"로 설명했고, "실내를 가득 채운 묘한 향신료

냄새가 거북했으나 미소로 일관했다."라며 자신의 노력을 강조했다.

인터뷰 13-2. 민아람

― 한국 사람이라도 그 상황이면 혼자서는 못 일어나잖아요. 근데 외국인 혼자서 어떻게 버티겠어요. 그녀가 안쓰러워서 함께하기로 했어요.

― 근데 이곳에 있으니 어쩐지 진짜 인도에 있는 기분이에요. 입구의 문은 델리에 있는 그거 맞나요?

― 맞아요, 맞아. 델리에 있는 인디아 게이트를 축소해서 만든 거예요. 섬세하게 제작되어서 실제와 아주 흡사하답니다. 우리 레스토랑의 자랑이에요. 수키가 처음 여길 왔을 때 정신없이 보던 거예요. 근데…… 그녀는 인도인이긴 했지만 인도 사람이라고 할 수는 없었지요.

인도에서 온 직원들은 한국어를, 수키는 인도어를 몰랐다. 그리고 인도식 영어와 한국식 영어 사이에는 늘 간극이 있었다. 수키와 사람들은 안녕하세요, 나마스떼(namaste), 헬로우와 감사합니다, 단야바드(dhanyawaad), 땡큐에서 더 나아갈 수 없었다. 파든, 파든이 몇 차례 오고간 후 수키는 입을 다물었다. 감자는 알루(aloo), 콜리플라워는 고비(gobi), 치즈는 빠니르

(paneer)를 외우던 어느 날이었다. 사장 민아람은 수키에게 조심스레 말을 꺼냈다.

"수키 씨, 이제…… 나오지 않아도 좋습니다."

일을 시작한 지 한 달도 되지 않았는데 휴가를 주는 사장의 배려에 수키는 눈물을 쏟고 말았다. 그게 해고 통보라는 것을 설명이 더해진 후에는 알게 됐지만.

인터뷰 25-1. 쵸프라 굽타(인도 웨스트벵골주 콜카타, 『수키, 내 동생 찬드라 굽타를 그리워하며』 저자)

— 당신은 세간에 알려진 수키에 대한 정보들, 그러니까 인도의 한 기차역에서 구걸하고 있던 자매를 발견한 라임즈 부부가 입양을 추진했고, 그 과정에서 자매 중 언니는 사망하고 동생 수키만 미국으로 데려갔다는 사실을 거짓이라 주장하고 있어요.

— 제 동생 찬드라가 미국인 부부에게 입양된 것은 사실입니다만, 저 쵸프라 굽타가 볼뿌르역에서 어린 동생을 업고 구걸을 했다고요? 제 척추가 굽었다고요? 뇌수막염으로 죽었다고요? 어리석은 이여, 왜 그들의 말은 믿고 제 말은 믿지 않나요? 그건 순전히 미국 부부의 거짓말입니다.

오만한 자들 같으니라고.

이봐요, 감독 양반. 우리는 구걸하던 아이들이 아닙니다. 우린 크샤트리아라고요. 우리 위엔 브라만뿐입니다. 그런데 길거리 구걸이라니요. 그저 기차역에서 놀고 있었을 뿐이지요. 다만 조금 가난했을 뿐이라고요. 제가 수키의 친언니입니다. 찬드라를 그리워하는 유일한 가족이요. 나의 수키가 죽었다니요? 아닙니다, 동생은 살아 있습니다. 저는 확신합니다.

— *쵸프라 굽타 씨의 뭄바이 강연 영상을 봤습니다. 그 강연에서 수키 라임즈가 현재 당신과 가깝게 있다고 주장하시던데요. 지금도 그렇게 생각하나요?*

— 찬드라, 나의 찬드라는 바로 이곳, 인도에 있지요. 그 아이는 첸나이를 거쳐 폰디체리에 도착한 것 같습니다. 지금 그 근처에 있는 것 같아요. 아직 만나지는 못했지만 전 우리의 영혼이 연결되어 있음을 강렬하게 느낍니다. 두고 보세요, 우린 기필코 만나고야 말 테니까요.

수키에 관한 책을 출판하고 인도 전역으로 사인회와 강연회를 다니는 쵸프라 굽타—물론 이 쵸프라가 그 쵸프라인지 밝힐 방법은 없다—의 기대와 달리 수키는 인도에 도착하지 못했다고 봐야 한다. 아주 오래전 콜럼버스는 아메리카 대륙을 향신료의 나라로 착각하고 그곳의 원주민을 인도의 사람들, 인디언으로 불렀다. 21세기, 수키의 오해 역시 그녀를 인도가 아닌 다른 나라로 이끌었다. 인도네시아가 바로 그곳이었다.

인도 출신의 수키가 인도네시아에서 목격된 것에 대해서도 다양한 의견이 제기됐다. 여행 중이라는 현실성 있는 의견은 묵살됐고 갖가지 해석이 이어졌다. 뿐만 아니라 발리 덴파사르의 응우라라이 국제공항에서 찍힌 CCTV 영상 속 인물이 수키인가 아닌가로 논란이 되기도 했다. (오프 더 레코드) 특히 오른팔이 먼지로 변하는 장면 탓에 조작 논란까지 더해졌다.

아시아 최대 무슬림 국가인 인도네시아에서 발리가 유일하게 힌두 문화권이라는 점에 주목한 이들도 있었다.

A : 유튜버 뚜뚜, B : 유튜버 치치

A : 우리 엄마도 인도랑 인도네시아를 헷갈려 해. 인도가 인도네시아의 줄임말 같잖아?

B : 맞아, 구분하는 거 어려워하는 사람들 은근히 있어.

A : 수키도 한국화가 됐나? 영어는 구분되잖아. 인디아(india), 인도네시아(indonesia).

B : 여러분은 지금 성급한 일반화의 오류가 일어나는 현장을 지켜보고 있습니다. 근데 왜 발리야?

A : 발리가 인도네시아잖아.

B : 발리는 발리 아냐?

A : 그래, 제주가 제주인 것처럼 발리는 발리지.

B : 무슨 말이야?

A : 제주가 한국에 있는 섬인 것처럼 발리는 인도네시아의 섬이야.

B : 그건 마치 나는 성남시 분당구에 사는데 성남이 아니라 분당에 사는 느낌인 건가.

A : 야, 판교로 넘어간 게 언젠데 그래. 어쨌든 고향이 그리우면 인도에 갈 것이지는……. 같은 문화권이라 그랬나?

B : 같은 문화?

A : 발리는 인도네시아에서 유일한 힌두 문화권이잖아.

B : 이번엔 인도네시아어를 하게 된 게 아닐까? 그래서 편하게 살려고 간 거지. 어, 채팅방 좀 봐. 발리어가 따로 있대.

— 출처 : 「여행스케치」 인도네시아 발리 편
자료 제공 : 유튜브 채널 '집 없는 뚜뚜'

얼마 후 인도네시아 발리의 쿠타 해변에 위치한 한 클럽에서 폭발물이 발견됐다. 다행히 불발된 덕에 사상자는 없었지만 목격자가 진술한 용의자의 인상착의와, 사건 현장에 있던 목격자들의 스마트폰으로 촬영된 영상 속 흐릿하게 찍힌 용의자의 실루엣이 공항에서 찍힌 영상 속 인물과 유사하다는 의견이 제기되면서 논란이 일었다. 수키가 머무는 곳에 죽음의 사자가 찾아온다는 말이 퍼지면서 그녀는 불행의 아이콘이 됐다. 인도네시아 밖에서는 그녀가 자국에 없는 것에 안도를 표하는 이들도 있었다.

신뢰성 떨어지는 흐릿한 영상만을 남긴 채 수키가 사라지고 얼마간 시간이 흘렀다. 이제 그녀는 '수키라는 여자가 있었다'로 시작하는 이야기, 혹은 쵸프라들의 밥벌이로 존재했다. 또 얼마간 시간이 흘렀고 그녀는 잊혀졌다. 증상으로서의 수키가 되기까지 세상은 그녀를 말끔히 도려냈다.

인터뷰 25-2. 쵸프라 굽타

— 수키를 마지막으로 봤던 때가 기억나시나요?

— 물론이다마다요. 아직도 눈에 선합니다. 우리가 헤어지던 순간이 손에 잡힐 듯 아른거려요. 빨간색 원피스를 입고 초록색 구두를 신고 예쁘게 단장한 아이가 떠오르네요. 언니도 빨리 와. 택시를 타고 떠나며 내게 남긴 말이었지요. 그 한마디가 절 버티게 했어요. 끈질기게 살아남도록 했지요.

인터뷰 13-3. 민아람

— 그래도 복원이라고 해야 하나, 복구라고 해야 하나, 뭐 어쨌든 깨진 아이섀도를 다시 살리는 방법이 있긴 해요. 차라리 더 쪼개면 돼요. 아이섀도 조각에 물을 넣고 누르면 돼요. 그렇다고 새것처럼 되진 않지만, 영영 단단하게 붙어 있지도 않지만, 그래도요.

……그래서였을까요?

인터뷰 12-2. 나짜 루다키

― 꿈은 어제의 조각이 그린 그림 같은 거잖아요. 무의식이
기억의 조각을 모아 쌓은 집 같은 것일 수도 있고요. 그런데,

(오프 더 레코드) 당신이 어째서 나의 어제를 가지고 있나요?
그건 분명히 내가 살아낸 삶이고, 내가 쌓아 온 기억인데, 그것
들을 당신이 어떻게 아는 거죠?

바크다 라소드 나는 쥐를 먹는 자, 무사하르(Musahar). 나는 계급
에도 들어가지 못하는 불가촉천민, 달리트(Dalits). 나는 사람이
었고, 꿈이 있었어. 내 부모가 갖지 못한 것을 바랐다는 이유로
불에 타고 말았지. 겨우 살아난 나는 이제 더 이상 나를 향한 조
롱을 알아듣지 못하네. 그럼에도 그것은 내게 달라붙었지.

쿠니나카 카밀라 정처 없이 걸었네. 갈 곳이 없었고, 머물 곳이 없
었네. 나의 마지막은 영원한 떠돎, 그리하여 허공에 머무르리라.

13. 다시 호명된 이름, 수키

　테러와 분쟁이 국경을 넘나들며 일어나듯 수키 증후군 역시 월경越境을 감행했다. 미국과 아메리카 대륙 전역을 넘어 유럽과 아프리카, 아시아 등에서도 언어 교체 현상을 보이는 환자들이 속출했고, 이때부터 수키 증후군이란 용어가 본격적으로 사용됐다. 최초 발병자가 그랬듯 환자들은 분쟁 등에 의한 사건에 휘말리거나 사고를 당해 죽음 직전에 살아남았고, 의식을 회복했을 때 그들의 모어는 교체되어 있었다.

　살아남은 자들을 기다리고 있던 것은 그뿐만이 아니었다. 언어를 교체당한 생존자들은 우울한 감정과 권태감, 혹은 무기력증에 시달렸고 감정 기복이 심해졌으며 난폭한 행동을 취하는 등의 심리적 이상 증세를 보였는데, 이는 '수키 블루'로도 불렸다. 수키의 사례와 비교하여 브레인 포그(Brain fog)나 섬망 증세를 보이는 환자들이 늘어난 것은 주목할 만한 특징이었다. 그들은 시간과 날짜 감각에 이상을 보였고 기억력과 집중력이 저하된 것으로 조사됐다. 오늘이 몇 월 며칠인지 인지하지 못했고, 자신이 지금 왜 화장실에 있는지, 혹은 방금 전에 무엇을 먹었는지 기억하지 못했다. 여기에는 갑자기 의식을 잃거나 환각이나 환청 등을 경험하고, 발병 이전보다 꿈을 많이 꾸는 것으로 알려진 증상까지 포함된다.

영어 화자였던 수키가 한국어만을 말할 수 있게 됐음에도 뇌에 별다른 이상이 없었던 것과 달리 알츠하이머나 파킨슨병 같은 신경 퇴행성 질환이 동반된 사례도 있었다. 뇌경색이나 심각한 바이러스에 감염된 것처럼 영구적인 뇌 손상을 입은 환자도 등장했는데, 전두엽의 손상으로 인해 공감 능력의 저하나 공격성의 향상과 같은 증상을 보이는 사례도 함께 보고됐다. 환자의 연령이 만 10세 이하의 경우에서도 유사한 사례가 세 건이 확인됐는데, 이 가운데 만 7세 여아에게서만 뇌신경가소성, 즉 뇌를 다쳤을 때 다른 부분이 해당 기능을 대체하기도 하는 현상이 일어난 것으로 밝혀져 학계의 주목을 끌기도 했다. 그렇다고 해서 그 환자의 제1언어가 복귀한 것은 아니었다.

증상이 호전될 것으로 보이는 환자라 할지라도 언어 교체 문제를 제외한 영역의 회복에는 수십 년이 걸릴 것으로 예상됐다. 장기적인 변화는 그 누구도 예측할 수 없다며 우려를 표하는 이도 있었다. 정확하게 알 수 있는 것도, 다음을 준비하는 것도 수키들 앞에서는 불가능했다. 수키 증후군을 둘러싼 다양한 증상 앞에서 전문가들은 이렇게 말할 수밖에 없었다.

"많으면 다르다. 다를 수밖에 없다."

　세균이나 인플루엔자 등의 바이러스에 의한 질병에 비해 발병 확률이 현저하게 낮음에도 수키 증후군은 공포로 다가왔다. 어느 날 갑자기 자신도 수키 증후군 환자가 될 수도 있다는 것을 사람들이 자각하자 변화가 일기 시작했고, 이제 정부 차원의 대책 마련이 시급하다는 목소리도 높아졌다. 테러에서 겨우 살아남은 자들은 이른바 '오염된 그룹'으로 분류되어 특별 관리 대상이 됐고, 각국 정부는 이 특별한 자들을 위한 격리 시설을 준비하고 관련 법규를 정비했다. 별도의 시설이 마련되지 않거나, 혹은 그럴 여력이 없는 국가의 사람들은 오염된 그룹의 거주지에 포스터를 붙이거나 독특한 표식을 남기는 식으로 잠재적 수키 증후군 환자와 깨끗한 일반인을 구분 짓기도 했다.

　또한 미국에서는 아시안 아메리칸과 퍼시픽 아일랜더, 특히 남아시아계 이민자에 대한 해 질 녘 침묵의 폭력이 이어졌다. 어둠이 자욱해지는 시간에 가면을 쓰고 무자비하게 주먹질을 하거나 몽둥이질을 하고 이를 소셜 미디어에 올리는 게 유행처럼 번져 갔다. 인종차별에 근거한 증오 범죄가 명백함에도 미국 법원은 개인의 일탈로 치부하며 그에 합당한 법적 처벌을 내리지 않았다. 이와 유사한 사례는 유럽과 아시아 일부 국가에서도 일어났다. '오염된 자'로 불리는 이들은 테러의 피해자이기에 존중과 보호를 받아야 하며, 또한 타인을 향한 무지한 혐오를 멈춰야만 한다는 유엔과 세계보건기구 등의 권고에도 구분 짓기는 계속됐다. 국제앰네스티(AI, Amnesty International) 역시 연례 보고서를 통해 수키 증후군 환자들에 대한 차별을 고발하고 이에 대한 세계의 자정과 연대를 촉구했다. 그러나 노력은 예상 가능하게도 공허한 외침에 머물고 말았다.

  일각에선 눈살을 찌푸리게 하는 행태도 자행됐다. 누군가에게 수키 증후군은 주 언어가 과거에 접했던 언어로 전면 교체된다는 점에서 기회이기도 했다. 언어를 획득하는 데에 있어 쏟아 부어야 하는 시간과 노력을 고려할 때 수키 증후군은 막대한 비용 절감을 이룰 수 있는 효율적인 방법이라는 게 그들의 판단이었다. 영유아 포함 청소년들을 영어와 중국어에 노출시키는 부모는 이전에도 많았으나 수키 증후군 확산 이후 눈에 띄게 증가했고, 이와 동시에 흔히 제3세계나 개발도상국으로 분류되는 국가의 언어와의 접촉을 막는 일이 벌어지기도 했다. 이러한 배경 아래 생겨난 단체를 중심으로 다양한 로비도 이뤄졌다. 미연의 사태를 방지하고자 언론 매체에서 외국 자료화면 송출 시 주요 언어를 제외하고 더빙된 영상만을 허용하는 것을 골자로 하는 법을 제정하려는 움직임마저 있었던 것이다.

수키 증후군은 국민을 통제하는 근거가 되기도 했다. 태국에서는 진보 성향의 정당이 당대표에게 대출받은 돈이 문제가 되면서 해당 정당이 강제 해산되는 일이 있었는데, 이와 관련하여 정부가 사실관계를 왜곡한 정황이 드러났고, 이에 대학생들을 중심으로 해산에 반대하는 움직임이 일기 시작했다. 초기 소셜 미디어를 중심으로 퍼져 나간 저항은 게릴라성 플래시몹 등의 방식으로 진행되다가 급기야 대규모 시위로 번져 방콕과 치앙마이 등의 대도시가 연일 뜨겁게 달아올랐다. 정부와 시위대의 갈등이 극하게 치닫고 있을 때 오랫동안 분쟁의 현장이었던 남부 송클라에서 정부군과 반군의 교전이 발생했고, 여기서 태국 최초의 수키 증후군 환자가 발생했다. 이에 정부는 사회 질서 교란 행위를 사유로 하여 국민의 강력한 지지를 얻고 있던 야권 정치인과 대학생 시위 지도자를 구속했고, 수키 증후군의 확산 방지를 명목으로 집회 금지령과 야간 통행 금지령을 실시하며 시위 세력을 원천적으로 봉쇄하는 데 성공했다.

인도 역시 수키 증후군을 무기로 삼아 국민 통제를 강화한 나라 중 하나였다. 2008년 원숭이 사원 폭탄 테러 이후 종교 분쟁 지역으로 분류된 인도 바라나시는 힌두교의 중요 성지이면서 이슬람교도들이 많이 살고 있는 곳인데, 도시 내 유서 깊은 모스크에 원인 불명의 화재가 일어난 후 수키 증후군 환자가 보고됐다. 사건 발생 당시 그곳에서 기도 중이었던 스물한 살의 무슬림 청년은 이후 캄보디아어만을 할 수 있었고, 집단 내에서 따돌림을 당하다 자살로 생을 마감했다. 이는 무슬림 집단의 분노를 촉발시켰고 힌두교도와 이슬람교도의 유혈 사태로 번지고 말았다. 바라나시가 위치한 우타르프라데시주의 주 정부는 이를 빌미로 10인 이상의 모임이나 행사, 집합이나 시위 등을 금지시키는 조치를 발표했다. 태국과 인도뿐만 아니라 우크라이나, 과테말라, 리비아 등등의 국가에서도 유사한 조치가 취해졌다. 분쟁이나 테러의 가능성을 뿌리 뽑아야 한다는 이유로 국가보안법 등을 강화하는 일들이 자행됐다.

인터뷰 26. 크리스토프 슈바이거(독일 작센주 라이프치히, 'Plan suki' 대표)

— 세상이 돌아가는 꼴을 보세요. 인류는 통제당하고 있습니다. 수키 증후군은 우리에게서 자유를 뺏기 위해 의도적으로 퍼트린 것이다, 그게 저희의 입장입니다. 이렇게 빠른 속도로 퍼지는 게 수상하지 않습니까? 이게 다 자연발생적인 것이 아니라 인위적으로 만들어 주입한 것이기 때문입니다.

또한 수키 증후군을 둘러싼 음모론이 제기되기도 했다. 독일의 크리스토프 슈바이거가 이끄는 '플랜 수키(Plan suki)'는 전 세계를 흔든 언어 교체 현상이 인류 통제를 위해 누군가에 의해 의도적으로 발생된 것이라고 주장하며 많은 사람들의 관심과 지지를 이끌어 냈다. 그들은 많은 국가에서 시행하는 다양한 감시와 통제, 봉쇄 정책을 비판했는데 그들에게 수키는 희생양이 아닌 공범으로 인식됐다. 플랜 수키에 동조하는 사람들이 늘어날수록 수키를 향한 비난은 커져 갔고 진실을 밝히라는 목소리 역시 강한 지지를 얻었다.

수키 증후군은 국가 내에서만 통용되는 이슈를 만들어 내진 않았다. 수키의 미국 입국에 제한을 둔 것을 제외하고는 별다른 조치를 취하지 않은 미국에 대한 불만이 노골적으로 제기됐다. 일부 국가들에서 미국인의 입국을 거부하는 사례가 발생하기도 했는데, 이에 백악관은 당국을 향한 비난과 미국인의 이동을 불허하는 일들이 계속된다면 추후 모든 미국인의 해당 국가 방문을 다시 생각하게 될 것이며, 이는 단지 인적 교류의 차단만을 의미하는 것은 아니라는 성명을 내놓기도 했다. 과거 수키에게 내려진 조치를 볼 때 꽤나 아이러니한 경고였다.

이렇듯 예측할 수 없는 형태와 방향으로 존재의 확장에 성공한 신드롬은 그를 통해 기적과 환호와 존경을 무지와 공포와 혐오로 바꾸는 데에도 완벽하게 성공했다. 그러나 경제나 문화뿐만 아니라 질병의 영역에도 세계화는 유효한 흐름이었다. 인류는 한배를 탔다는 것을, 실체를 명확하게 알지 못하는 증후군의 시대를 함께 항해한다는 것을 인정해야만 했다. 분쟁이 있는 한 수키 증후군은 계속될 것이기에 서로를 향한 총과 칼을 내려놔야 한다는 결론에 도달한 것이었다. 실제로 국경 분쟁과 분리 독립 갈등을 빚고 있는 카슈미르 지역의 까르길에서 일어난 폭탄 테러와, 그 보복으로 일어난 교전으로 인해 인도와 파키스탄 양국 모두에서 수키 증후군 환자가 발생하자 두 나라는 휴전을 선언하기도 했다. 아프리카와 아시아의 일부 지역에서 역시 내전이 중단된 사례가 잇따라 보고됐다. 아이러니하게도 수키 증후군이 가져온 긍정적인 현상이었다.

연대는 예상치 못한 곳에서도 일어났다. 미국 대 세계의 갈등 구도가 계속되는 중에도 미국과 유럽, 일본 등 이른바 선진국으로 불리는 국가의 일부 학자들은 수키 증후군 환자 중 일부를 아프리카나 아시아 등으로 데려가 본격적인 연구에 돌입해야 한다고 주장했다. 더 많은 인류를 위해 '위대한 실험'에 참가해 달라고 호소하는 집단과 연구자들이 언론 앞에 서기도 했다. 이 위대한 실험에 모든 수키 증후군 환자들이 참여할 수 있는 것은 아니다. 참가 자격은 다음과 같았다.

1. 먹고 살기 궁할 것.
2. 보호받기 어려울 것.
3. 그리하여 그곳에서 발생하는 불합리함에 문제 제기를 할

가능성이 희박할 것.

빈곤은 종종 모든 가치를 압도했고, 그것을 악용하는 무리는 늘 있어 왔다. 해당 논의는 국제사회의 비난 속에 오해의 소지가 있었다는 것에 유감을 표한다는 성명서 한 장으로 일단락됐다.

인터뷰 16-4. 소헬 라나
― 그들은 연대와 공조라고 표현했으나 이는 편견과 무지와 오만을 노골적으로 드러낸 차별과 폭력과 탄압일 뿐입니다. 속 내가 빤히 보이는 말을 늘어놓는 멍청한 사기꾼들에 의해 정의 는 위장됐고, 이에 21세기의 리퓨즈니크가 등장했습니다.

미국이 그랬듯 많은 국가에서 비밀리에 새 법안을 추진하려 는 움직임이 포착됐다. 해외 체류 중 수키 증후군이 발병할 시 입국을 거부할 수 있다는 내용을 포함하는 법안이었다. 자국 민의 케어마저도 어려워질 최악의 경우를 대비하여 치료의 우 선순위를 정하는 논의도 함께 이뤄졌는데, 대부분의 국가에서 가장 먼저 배제될 집단은 이주 노동자와 난민, 불법체류자들 로 결정됐다. 싱가포르와 태국 정부는 심각한 상황이 아니었 음에도 거주 허가가 없는 외국인 환자의 치료를 중단하거나 연 기할 수 있다는 지침을 내리기도 했다. 포스트 수키 시대가 만든 새로운 리퓨즈니크, 거부당한 자가 탄생한 순간이었다.

한준의의 에세이 『수키에 대하여』의 마지막 구절은 다음과
같다. "알래스카 늑대가 말하길, 나를 흥분시키는 피가 남의
것인지 나의 것인지 몰랐기 때문입니다. 우리는 의심하지 않
았습니다." 많은 이들은 수키가 사라진 것을 두고 그녀가 스스
로 목숨을 끊었다고 여겼다. 한준의가 늑대 일화를 인용한 것
을 수키를 죽음으로 내몰았던 이들을 향한 비판으로 평가했
다. 그러나 간과한 게 있다. 자살을 유도하는 사냥, 그것은 사
실 인간에 의한 살해가 아닌가. 하여 '늑대의 자살'이란 표현은
명백한 기만 아닌가. 늑대의 말은 인간의 언어로 표현될 수 없
고, 이곳에는 오역과 오해만이 남았다.

인터뷰 27. 에밀리 페이지(미국 워싱턴주 시애틀, 전 시애틀 빌라드 고등학교 교장)

— 수키 라임즈에 대해 다시 한 번 말씀해 주시겠습니까?

— 솔직히 말해 그녀를 기억하지 못합니다. 이봐요, 사십 년
교직 생활 동안 제가 얼마나 많은 학생들을 만났는지 아십니까?

인터뷰 11-2. 원딩

— 사고의 충격이 아직 가시지 않았을 텐데, 원딩 씨 괜찮아요?

— 음, 어쩐지 인터뷰를 다시 해야 할 것 같아서 연락했어요. 가족 여행이었어요. 저는 한국에서, 부모님은 중국에서 출발해서 호주 시드니에서 만났어요. ……사제 폭탄이었는데 정말 운 좋게도 또 살았어요. 행운이 저와 함께하나 봐요.

— *다행이에요. 무리하지 않아도 돼요. 지금은 당신이 안정을 취하는 게 더 중요해요. 우린 다음에…….*

— 아니에요. 정말 괜찮아요. ……당연히 괜찮고말고요. 아, 얼마 전부터 중세 한국어를 배워요. 대학원 진학 전에 미리 공부해 두려고요. 그거 아세요. 은애는 드라마에서만 쓰는 말이래요. 중세 한국어는 한국어라고 할 수 없어요. 안드로메다에서 쓸 것 같은 말이랄까, 외계의 언어 같아요. 사라진 글자도 있고 제대로 읽지도 못하겠어요. ……저도 옛날 글자들처럼, 단어들처럼 사라질 거예요. 그래요, 난 수키 증후군 환자는 아니에요. 하지만 환자와 접촉했잖아요. 인류가 수키와 그 증후군에 대해 제대로 알고 있는 게 있나요? 미래는 모르는 거예요. 그냥 언제 먼지가 될 거라고 알려줬으면 좋겠어요. 어느 날 갑자기 사라져야 한다니……. 시한폭탄 같잖아요. 제게 내일은 없어요. 괜찮은 줄 알았는데……. 아니요, 전 안 괜찮아요. 그때부터 지금까지 괜찮은 거 아닌데요. 저는…… 두려워요. 먼지 말이에요.

— *지금부터는 오프 더 레코드예요. 그러니까 편하게 말해도 좋아요.*

— 오프 더 레코드요? 죽는 것도 억울한데, 이런 상황에서 그걸 왜 숨겨야 하나요?

인터뷰 2-3. 홍나경

— 엄마는 돌아가시기 며칠 전부터 같은 말을 반복했어요. 그때는 이미 두 팔과 다리가 사라진 상태였어요. 얼마 남지 않았다는 것을 모두가 직감했어요. 통역을 도와주는 분이 있었는데 메일로 녹음 파일을 전달하는 거라 시간이 걸렸죠. 결국 장례를 다 치른 후에야 무슨 뜻인지 알 수 있었어요.

모든 여행자들에게는 알지 못하는 비밀스러운 종착지가 있다.

벨라즈 크레올 속담이래요. 왜 인생을 여행에 비유하잖아요. 그럼 엄마도 여행자인데……, 엄마의 비밀스러운 종착지는 어떤 곳이었을까요?

혼자서…… 얼마나 외로웠을까요?

한여름과 한겨울, 콩국수와 팥칼국수를 손수 끓여 주던 아내이자 엄마, 그리고 평범한 일상을 글과 사진으로 차곡차곡 남긴 기록가였던,

김봉혜(1960~2021)를 기억하며

붙잡을 수 없었던 엄마의 먼지는 지금 어디를 떠돌고 있을까요?, 라는 말을 마지막으로 홍나경은 인터뷰를 마쳤다.

외로운 늑대 알리 무스타파는 여전히 관타나모에 있고, 우리의 인터뷰 요청은 이번에도 수락하지 않았다.

프랑스 낭트에서 만났던 릴리 카숨바는 인터뷰 이후 신체 일부를 잃었다고 연락해 왔다. 그리고 얼마 지나지 않아 스스로 목숨을 끊었다. 릴리 카숨바의 파트너 카트린 뒤푸르는 그녀를 이렇게 추모했다.

춤을 사랑했고 열정만큼이나 섬세한 몸짓과 표정으로 관객을 설레게 했으며, 매일 아침 집 앞 천변을 산책하는 것을 좋아했고, 집에 돌아와선 가장 먼저 화분에 물을 주던,

릴리 카숨바(1989~2022)를 기억하며

인터뷰 21-3. 요세프 마드모니

— *지금까지 살아오는 동안 많은 언어들을 접했을 텐데, 왜 티베트어인가에 대해 생각해 본 적은 있으신가요?*

— 기억나지 않지만 어린 저를 데리고 부모님이 인도를 여행했다고 합니다. 지금도 많은 이스라엘 젊은이들이 군복무를 마치고 이곳으로 여행을 오지요. 다행히 영어는 할 수 있어서 그

들에게 히브리어를 배웁니다. 물론 여기서 만나는 이들과 저의 정치적 입장이 일치하지는 않아요. 지금 우리가 있는 맥그로드 간즈는 티베트 망명정부가 있는 곳이잖아요. 저는 이스라엘 사람들이 어떤 마음으로 이 땅을 걷고, 이곳 사람들의 얼굴을 바라보는지가 궁금해요. 그렇게 대화를 시작하는데 보통은 다투는 것으로 끝납니다.

— 곧 이스라엘로 돌아갈 거란 이야길 들었는데요, 특별한 이유가 있는 건가요?

— 네, 다음 달에 이스라엘로 돌아갑니다. 거창한 이유가 있다기보다는 할 일이 있어서 가는 거죠. 이제 다시 방패로 살 시간입니다. 여기서든 거기서든 할 수 있는 일을 하며 지내려고 합니다.

인터뷰 1-9. 한준의

— 수키와 마지막으로 연락이 닿았던 건 언제였나요?

— 몇 년 전 이야기네요. 아이를 겨우 재웠고, 아이는 밤낮을 가리지 않고 울어 대잖아요. 얼마나 떼를 부렸는지 몰라요. 너무 울고 보채면 장협착증일 수도 있다는 말에 급히 응급실에 가서 검사를 받은 적도 있어요. 아이를 키운다는 건 어마어마한 일이에요. 아무튼 그날 밤 저는 혼자였고, 아이가 깰까 봐 조심스레 젖병을 소독하고 있었지요. 그때 전화가 온 거예요. 화가

치밀어 올라서 소리를 지르려는데 수키는 흐느끼기만 했어요. 저도 울고 싶었어요. 애를 낳아 본 적 없어 임신과 출산의 고통을 알지 못하고 키워 본 적 없어 육아의 고됨을 짐작하지 못하는 거라고, 이기적인 년이라고 욕했지요. 물론 속으로요. 이해해 주세요. 산후 우울증이 심각했어요. 그것 때문에 이혼도 했고요. 그때의 저는 기댈 사람이 필요했어요. 제게 기대는 사람 말고요. 불행하게도 그날, 우리 둘 다 기댈 사람이 필요했고, 결국 서로에게 필요한 존재가 되지 못한 채 통화는 끝났어요. 그게 마지막이었네요.

— 그때 수키가 어디에서 무엇을 하고 있었는지 조금 더 자세히 들려주세요.

— 영화관이라고 했어요. 한국이었어요. 그건 확실합니다. 황량하지만 아름다운 네바다 사막이 그리워서 눈물이 났대요. 어렸을 때 부모님과 낡은 트레일러를 타고 떠돌던 때가 떠올랐나 봐요. 오랜만에 추억 속 풍경을 보고, 모래바람 소리를 들으니 좋다고, 그런데 또 슬프다고도 했어요. 팔자 좋게 한가로이 영화나 보고 있다고 생각했어요. 퉁명스럽게 대하고 싶어서 알아듣지도 못하는데 고향은 무슨 고향이냐고 했어요. 마지막인 줄 알았더라면 그러지 않았을 텐데……. 차라리 아무도 모르는 곳에 숨어 있는 거라면 좋겠어요. 주목받지도, 상처 입지도 않는 곳에서 고요하게 살고 있길 바라요. ……나도 참, 세상에 없

는 사람에게 무슨 말이야. 그 외모를 하고 한국말만 할 수 있는데 살아 있다면 누군가의 눈에 띄었겠지. 안 그래요?

— 남의 눈에 띄지 않도록 어디론가 숨어 들어갔다면, 그리고 도움의 손길이 있다면 발견되지 않을 수도 있을 것 같아요. 전 그렇게 생각해요.

— 우리가 만나 이야길 나눈 지도 꽤 오래됐는데 아직 헛된 희망을 붙들고 계시군요. 좋아요, 어쨌거나 그때 전 출구를 찾지 못하겠다는 수키에게 잘 찾아보라고 하고서는 전화를 끊었습니다. 나중에 영화관 시시티브이를 확인하니 헤매다가 결국 입구로 나가더라고요. 출구를 찾긴 했어요. 회색 철문을 당겨야하는데 푸시(push)와 풀(pull)이 헷갈렸는지 자꾸 밀더라고요. 그거 아시죠? 한국 사람들을 가장 머뭇거리게 하는 문장이 '당기시오'라는 거. 그게 제가 확인할 수 있던 수키의 마지막이었습니다.

— 경찰에 신고하는 등의 조치는 취하지 않았나요?

— 경찰이요? 성인의 단순 가출까지 처리해 줄 만큼 경찰이한가한 줄 아느냐고 화를 내던데요. 외국인이라니까 불법체류를 의심하더라고요. 출입국관리소란 말을 듣자마자 통화 종료 버튼을 눌렀어요. 그리고는 수키를 잊었어요. 그래야 했어요, 저도 사는 게 고단했거든요.

— 당신을 탓하는 게 아니에요. 애썼다는 거, 알고 있어요.

그러니까……

— 지금 생각하면 나를 지워내고 싶어 그녀를 잊었던 거 같아요. 수키를 떠올리면 그때의 내가 함께 있으니까요. 너무 많이 웃고 또 너무 많이 울어서, 그러다 결국 웃지도 울지도 않는 내가요. ……저기요, 감독님 눈에도 저 창 너머에 빛나는 게 보이나요?

— *……준의 씨, 괜찮아요?*

— 저에게만 보이나요? 노란빛이 어슬렁거리고 있잖아요, 위태로워 보이는데……. 어쩐지 늑대 눈동자로 보이는 건 제 기분 탓이겠지요?

『수키에 대하여』를 통해 우리는 수키가 한국을 떠나기 전까지 어떤 생활을 했는지 확인할 수 있다. '맛살라 인디아'를 그만둔 후 그녀는 방에 처박혀 원룸 보증금을 소진하며 시간을 흘려보내고 있었다. 할 수 있는 일이라고는 스스로를 재우는 것뿐이었고, 그러나 스스로 할 수 없는 일을 위해 약을 택했다. 수면 유도제를 먹지 않으면 잠에 들 수 없는 날들이 계속되고 있었다. 그녀는 늘 안개 속에 갇힌 듯 몽롱한 상태에 놓여 있었는데 그것은 약 기운 탓일 수도, 자신도 몰랐으나 브레인 포그 현상 탓일 수도 있었다.

여느 날처럼 뿌연 오후였다. 아무렇게나 틀어 둔 텔레비전에서 양궁 경기의 중계방송이 흘러나왔다. 화면의 왼쪽 상단에는 'IND'와 'CT'의 세 번째 세트 경기를 알리는 표지가 있었다. 주황색과 흰색, 그리고 초록색의 가로줄, 그 사이에 바퀴가 그려진 인도 국기와, 국제경기 참가용 대만 오륜기를 지켜보던 수키는 곧장 여행사에 전화했다.

"인도네시아에서 가장 유명한 곳으로 가는 티켓을 주세요."

약을 쥔 손에 힘이 들어갔다. 생의 주도권이 이미 자신에게서 떠난 것을 잘 알고 있었음에도, 그런 자신에게 주어진 어쩌면 마지막 기회라고 그녀는 생각했다. 수키가 찬드라 굽타로 돌아가리라 결심한 순간은, 그러나 이 세상에서의 소거를 불러오고야 말았다.

(오프 더 레코드) 그런데 우리는 이것을 어떻게 아는가?

인도, 인도네시아와 대만, 차이나 타이베이의 경기가 팽팽하게 진행되고 있습니다. 인도네시아의 디파카 쿠마리 선수, 마지막 한 발은 텐. 한국인 지도자를 만난 후 급성장한 선수입니다. 다음은 대만 선수 탄야틴이 준비합니다.

— 출처 : 「국제양궁경기 중계」
자료 제공 : MBC

수키라는 하나의 우주가 멸의 세계로 들어선 것은 이렇듯 사소한 실수와 그로 인한 오해에서 비롯됐다.

"준의, 나 인도에 왔는데 인도가 아니래." 수키 목소리에서 다급함과 당황스러움이 느껴졌으나 나는 무슨 말이냐고 태연스레 물었다. "인도가 인도네시아가 아니야? 인도네시아가 인도가 아니면 어디야? 같은 인도인데 왜 다른 나라라는 거야?"

"수키야. 인도랑 인도네시아는, 그래 인도로 시작하는 건 똑같지만 다른 나라야. 그나저나 발리라니, 너 팔자 좋다."

"나 바보 같지?"

"타이랜드도 타이라고 부르니까 인도네시아도 인도로 줄여 말하나 보다 싶을 수 있지. 멕시코에 멕시코시티가 있으니까 인도에 인도네시아가 있다고 생각할 수도 있고. 근데 그 아나운서는 왜 인도를 인도네시아라고 해서는……. 한 번도 아니고 경기 내내."

"어디로 가야 할지 모르겠어."

"발리까지 갔으니 잘 놀다 와."

미처 사과하지 못한 그 말, '팔자 좋다'의 못된 뉘앙스가 아직 마음에 남아 있다. 다신 만날 수 없는 수키, 세상을 떠난 친구에게 뒤늦은 용서를 구한다. 네가 나쁜 생각을 하지 않을지 걱정해야 했다. 그렇지만 그때의 나는 하루에도 몇 번씩 아이를 베란다 너머로 던지고 싶은 마음과 싸워야 했으므로 널 받아 줄 여력이 없었다. 나 역시 누구라도 붙잡고 울고 싶은 날들을 보내고 있었다.

— 출처 : 『수키에 대하여』
자료 제공 : 한준의

대학교 마지막 학기가 개강하고 보름이 지난 후였다. 원딩은 친구들과 저녁 식사를 하던 중 뉴스에서 수키 증후군 환자 릴리 카숨바의 자살 소식을 접했다. 그녀는 곧장 고향으로 돌아갔다. 원딩에게서는 수키 증후군 환자의 일반적인 증상들이 확인되지 않았지만, 그래서 불안은 더욱 가중된 듯했다. 그녀는 요즘 비닐 속에서 지낸다고 한다. 먼지로 흩어지게 된다면, 그것이라도 부모 곁에 남겨 두고 싶다는 마음에서였다.

원딩은 우리와의 인터뷰에 더 이상 응하지 않았다.

아무도 희생하지 않는 시대, 희생하는 인류의 탄생은 멈춰 섰다. 이 결말에 남은 것은 '수키는 왜 사라졌는가?'라는 의문이었다. 그러나 질문은 바뀌어야 한다.

누가 수키를 외면했는가?

수키가 겪어야 했던 일이 당연한 것이었나?

우리는 타인의 고난을 지켜보고 연속되는 불행을 적극적으로 저지할 책임이 있다. 지금 우리에게 요구되는 자세는 연대, 오직 그뿐이다. 포스트 수키의 시대를 맞이한 인류는 지금 다시 시작해야 한다.

— 출처 : 『포스트 수키의 시대, 우리는 무엇을 고민해야 하는가?』
자료 제공 : 소헬 라나

인터뷰 9-2. 보나 에버라드 & 엘레나 에버라드

— 보나, 요즘은 어떻게 지내요? 무엇을 하고 있었어요?

— (보나) 있잖아요, 나는 별의 아이예요.

— 별의 아이요?

— (보나) 시오도 별의 아이예요. 비밀인데요, 우린 모두 별에서 왔거든요. 지구에서 어떤 모습을 하고 있든 무엇이든 간에 중요한 건 우리가 별의 아이들이라는 사실이에요. 그러니까 별을 보고 생각하고 배우는 건 결국 나를 아는 거예요.

— (엘레나) 감독님, 우리 보나가 요즘 우주에 관심이 많아졌어요. 지난주에 『코스모스』를 읽어 줬는데 그 뒤로 계속 별 이야기만 해요. 보나 말이 맞긴 하죠. 책에 이런 구절이 나와요.

"우리의 DNA를 이루는 질소, 치아를 구성하는 칼슘, 혈액의 주요 성분인 철, 애플파이에 들어 있는 탄소 등의 원자 알갱이 하나하나가 모조리 별의 내부에서 합성됐다. 그러므로 우리는

211

별의 자녀들이다."

— 칼 세이건

수키 증후군의 놀라운 확산 앞에서 세계보건기구는 국제
질병분류 13차 개정안(ICD-13)을 통해 84C330-수키 증후군
(Suki's syndrome)을 등재했고, 해당 개정안은 상황의 심각성을
고려하여 즉시 적용되도록 각 회원국에 권고됐다. 이렇게 수
키는 하나의 병명으로 우리 곁에 돌아왔다. 질병 코드와 명칭
을 얻었다고 하나 수키 증후군에 대해 우리가 명확하게 설명할
수 있는 것은 거의 없다.

수키 라임즈 역시 그러하다.

마하무드 알게벨리 나는 딜리버리맨이야. 빵과 세제를 배달했
고, 옷과 장난감을 전해 주기도 했지. 내 손을 거쳐 간 것들이
정말 많아서 헤아릴 수도 없어. 아프지 않다면, 사지가 멀쩡하
다면 아직도 누군가에게 물건을 전해 주고 있겠지. 지금은 이렇
게 침대에 누워 지내. 뜨는 해와 지는 해 사이에서 내가 평생 나
른 게 무엇이었는지 생각해.

제밀 카라케쉬 당신을 생각하면 환하게 웃어 주던 게 가장 먼저
떠올라요. 내게 사랑을 주셔서 고마워요. 다시 만나는 그날까
지, 안녕. 나의 할아버지.
　당신의 영원한 소년, 이일드즈.

14. 어쩌면 우리 모두

인터뷰 2-4. 홍나경

― 아직도 믿지 않는 사람들에게 이 말을 꼭 해야겠어요. 이 봐, 이건 진짜 일어나는 일이야. 지금 이 순간 어디선가 누군가 는 사랑하던 이와 대화를 나눌 수 없게 되고, 그러다 먼지로 사 라진다고.

― *(오프 더 레코드) 담을 수 없을지도 몰라요. 그 이야긴 아 직⋯⋯.*

― 오프 더 레코드요? 그런 건 저 멀리 던져 버려요. 감독님, 그런데요.

― *네, 말씀하세요.*

― ⋯⋯붙잡을 수 없었던 엄마의 먼지는 지금 어디를 떠돌고 있을까요?

인터뷰 12-3. 나짜 루다키

― 전 항상 이번 고비만 넘기면 잘될 거라고 믿어 왔어요. 그

게 제가 버티는 힘이었던 거예요. 이젠 통용되지 않는 믿음이지만. 언어가 바뀌면서 제 삶은 통째로 흔들렸고 되돌아갈 일상은 사라졌어요. 지금의 저는 말이에요, 지도를 들고 있지만 거기에 없는 길을 따라 걷는 것만 같아요. 당연히 두려워요, 무엇이 나올지 모르니까요. 언어를 교체당하고 겪어야 했던 일들은 대부분 실수와 실패로 가득해요. 해결책이랄 것도 없이 임시방편으로 겨우 막는 정도랄까요.

— *지금까지 잘 버텨내 왔어요.*

— 정말요? 저 잘 버텨낸 거 맞아요? ……그래도 지금 여기서 내가 할 수 있는 일을 하는 거, 그게 제가 남은 시간을 채워가는 방법입니다. 저를 비롯하여 인류가 마주한 이 재난은 인과율로 바라봐야 해요. 증오와 다툼이 사라지지 않는 한 수키 증후군도 계속될 거예요. 그렇기에 모두 잠재적인 수키 증후군 환자들이지 않을까요? 혼란을 함께 나눠야 할 의무와 필요가 이 세계를 살아가는 인류 모두에게 있다고 생각해요.

찬드라 굽타이거나 수키 라임즈이거나 허숙희이거나, 그 모두였던 인간에 대한 이야기는 아직 완성되지 않았다. 물리적으로 살아 있든, 혹은 사망에 이르렀든 간에 수키를 만나지 못했기 때문만은 아니다. 수키 증후군이,

(오프 더 레코드) 먼지로 사라지는 사람들이,

존재한다면 아직 끝날 수 없는 이야기이기 때문이다. 다만 아직까지 밝혀지지 않았던 수키의 언어 교체에 관해 조금이나마 말할 수 있는 것이 있다. 이제 우리는 '나지오'에 대해 이야기하려 한다.

몇 달 전 「테두리 바깥에서」를 찍으면서 알게 된 입양인들과 그들을 지원하는 한국인들로 구성된 '슬프지만 괜찮은 자들의 연대'에서 주최한 모임에 참석한 일이 있었다. 그날 테이블 위로 오가는 대화는 한국의 구시대 유행어로 뒤섞여 있었는데, 내 귀에 도청장치가 있다!—물론 입양인들은 전혀 알아듣지 못했다—를 직접 시청했다는 한 남자는 그렇게 본인의 세대를 입증했고, 한물 간 '대박'이나 '헐'과 같은 감탄사도 간간이 들려왔다. 누군가 별들에게 물어봐, 라고 하며 두 눈을 희번덕거리자 한국인 무리에서 웃음기가 제거된 야유가—역시 입양인들은 동참할 수 없었다— 쏟아졌다.

그때 나는 좀 취해 있었다. 그렇다고 몸을 가눌 수 없다거나 주정을 부릴 정도는 아니었는데 어디선가 수키, 숙희, 수키, 숙희 하고 꾀꼬리가 우는 것 같은 소리가 들려왔고, 순간 술기운이 달아났다.

"맞다, 숙희."

"그래, 수키! 오래된 얘긴 아닌데 왜 이렇게 옛날 옛적부터 내려오는 전설 같지?"

"숙희가 뭐?"

"기억 안 나? 한국말 엄청 잘하고, 왜 영웅병 걸렸던 여자 있잖아, 허숙희."

저릿했다. 심장부터 오른쪽 손끝까지 통증이 퍼지기 시작했다. 웃음거리로 전락한 수키가 더 이상 추락하지 않게 해야 했으므로 나는 침묵을 걷어냈다.

"시애틀에서 일어난 쇼핑몰 총기 난사 사건에서 아이들을 구했던 사람 있잖아요. 뇌에 총상을 입었던 인도계 미국인 여성 수키 라임즈. 한국어가 완벽해서 유독 한국에서 인기가 많았던."

"뭐야? 시오 너, 그 여자 팬이었어?"

"그러게, 별 걸 다 기억하고 있네."

그때였다. 구석에서 낮은 목소리가 내 귓가를 자극했다.

"나 수키랑 살았다. 안다, 수키. 잘 알고 있지."

술에 취해서인지 분명치 않은 발음이었으나 '수키'와 '살았다'의 두 단어는 명확하게 들렸다. 낮은 목소리는 다시 이어졌다.

"나 수키랑 살았다니까."

"걔랑 잤다고?"

"자기도 했지."

시대를 넘나들며 유행어를 좇던 사람들은 한때 세계를 흔든 작지만 큰 영웅과 잤다는 남자에게로 시선을 모았다. 나는 반쯤 남은 맥주를 들이켜고는 자리에서 일어났다.

"마크, 증거 있어?"

반쯤 흐트러진 눈으로 나를 보던 그가 반쯤 풀린 목소리로 되물었다.

"……증거?"

"네 말을 입증할 서류는 있니? 한국어 접점을 찾으려고 얼마나 많이 조사한 줄 알아? 사실이라면 그때 나타났어야지. 누굴 속이려고 그래."

"그땐 몰랐어. 관심 없었거든. 서류? 그까짓 것 종이쪼가리야 없어지면 그만이지."

"그렇다면 수키는 왜 기억하지 못했던 거지?"

"어제 일도 흐릿한데 옛날 일을 어떻게 기억해."

말을 마친 마크는 테이블 위로 고꾸라졌고 그 바람에 맥주잔이 와장창 소리를 내며 깨졌다. 다음 날 아침 숙취를 호소하며 그가 들려준 이야기는 다음과 같다.

마크는 미국인 이민 2세대로, 집안에서 막내가 낳은 막내였

던지라 뒤늦게 한국에서 건너온 꼬꼬 할머니와 나이 차가 크게 났다. 어린 마크는 허리가 구십 도로 동그랗게 굽은 할머니의 말을 잘 알아듣지 못했고, 둘 사이의 대화는 자주 어긋나곤 했다.

"아가, 나지오 좀 가져오너라, 나지오."

한참을 고민하던 마크는 식탁 위에 있던 나쵸를 가져갔다가 말귀가 어둡다며 혼만 났다. 이해되지는 않았으나 할머니의 세계에서 나지오는 음악이 흘러나오는 기계였다.

시간이 흘러 꼬꼬 할머니는 눈을 감았고, 대학생이 된 마크는 방학을 맞아 한국을 방문했다. 그는 한 대학교의 언어교육원에서 운영하는 교포를 위한 단기 한국어 교실에 다녔는데 그곳에서 미국인은 '레이디오[reidiou]'로, 한국인은 '라디오[radio]'로 발음하는 radio가 나지오가 된 연유를 알 수 있었다. 꼬꼬 할머니는 서울 종로에서 태어나 한국전쟁 중 1·4후퇴 때를 제외하고는 쭉 종로에서 살았고, 당시 서울 사람들이 흔히 그러했듯 ㅏ 앞에 오는 ㄹ을 ㄴ으로 바꾸어 말하는 두음법칙을 적용하여 라를 '나'로, ㄷ이나 ㅌ이 모음 ㅣ나 반모음 ㅣ[j]와 만나 ㅈ, ㅊ으로 변하는 구개음화를 적용하여 디를 '지'로 발음했다. 그녀가 미국으로 이민 간 막내아들 내외, 즉 마크의 부모와 함께 산 것은 구십구 년 인생에서 마지막 삼 년에 불과했으니 나지오는 레이디오가 될 수 없었다.

마크의 증언에 따르면 수키가 세 번째 생일을 앞둔 어느 주말이었다. 라임즈 부부의 싸움은 종종 있어 왔던 작은 다툼을 넘어서고 말았다. 이웃집의 신고로 경찰과 아동복지국 직원이 출동했고, 그로 인해 수키는 부모와 헤어져야 했다. 부부가 수키를 데려가도 좋다는 판결을 받을 때까지는 반년 정도가 소요됐는데 그동안 수키는 한국인 이민자의 위탁가정에서 머물게 됐고, 꼬꼬 할머니와 한 방에서 지냈다. 거동이 불편해 바깥출입을 하지 못했던 할머니에게 수키는 가장 좋은 벗이었다. 할머니는 한국어로 묻고, 수키는 영어로 답하는데도 의사소통에는 큰 문제가 없었던 것이다. 한집에서 살았으니 가끔 두 살 많은 마크와 놀다가 잠들기도 했다. 물론 마크가 들려준 이야기가 사실임을 증명할 객관적인 자료는 없다. 물증 없는 증언과 그에 기댄 흔들리는 추측만 있을 뿐.

긴 여정 끝, 우리는 자문한다. 수키에 대해 말할 수 있는 것은 무엇인가? 우리는 수키를 찾을 수 있었는가? 그보다 그 이름이나마 정확하게 불렀던 적이 있었는가? 지금에 와서 세상은 수키를 질병 명칭으로 호명함으로써 동시에 그 이름을 지워버렸다. 수키에 대해 말할 수 있는 것은 사실 없고 우리는 수키를 찾을 수 없었다. 그러나,

안나 아밀리아 기분이 좋지 않으면 휘파람을 불며 스스로를 달랠 줄 알았고, 다른 사람의 기분이 좋지 않을 땐 가장 먼저 알아채고 따뜻한 피칸 파이를 구워 주며 얘길 들어주던 이. 정작 네 목소리에 귀기울인 사람은 없었네. 그래서 나는 네가 마지막으로 남긴 메시지를 어제도, 오늘도, 내일도 들었고, 듣고, 들을 거야.

"우리에게 관심 갖는 사람은 없어요. 아무도 신경 쓰지 않아요. 당신들이 결코 들춰보려 하지 않는 역사 속에서 우리는 서서히, 그리고 완벽하게 사라질 거예요. 그러나 먼지 쌓인 책에 누군가의 시선이 닿는 순간, 그가 손을 뻗어 책장을 넘길 때, 눈길과 손길이 있어 사라지는 우리는 사라지지 않을 거예요. 이대로 사라지고 싶지 않아요. 늦게라도, 온전하지 않더라도 기억되고 싶어요. 기억해 주세요."

너무 늦었지만, 또 너무 늦지 않았길. 네가 남긴 조각을, 먼지로 남은 너를 마주하는 일이 모두의 일이 되길.

다림 유수 열두 살 때부터 총을 들어야 했지만 언제나 꿈은 밤하늘을 관찰하고 공부하는 것이었던 소년, 네가 짓던 해맑은 미소를 오랫동안 기억할게. 오랫동안 그리울 거야.

15. 침묵을 기억으로써

그해 동지 이후 518일째.

엄마는 내 곁에서, 또 거실에서, 종종 발코니에서 운다. 아빠의 눈물은 볼 수 없지만 동틀 녘 안방 화장실에서는 울음소리가 새어 나온다. 눈물과 울음 사이 그들의 일과는 조용히 먼지를 쓸어 모으는 일로 채워진다.

이곳은 먼지 인간과 먼지의 호더들이 사는 세계.

거실과 발코니에 놓인 김치 용기 안에는 내가 있다. 말할 수 없고, 생각할 수 없는 내 조각들도 나일 수 있는가. 순식간에 먼지가 된 내가 나인지 아닌지, 나는 여전히 모르겠지만 나의 부모는 전자로 받아들였다. 거기에 모아 둔 먼지 전부가 한때의 나였던 것은 아니나 그럼에도 창틀에 쌓인 먼지가 혹시 자식의 몸이었던 건 아닐까 하여 집에서 나오는 먼지를 고스란히 모은다. 그들에게는 나에게서 비롯한 먼지와 그 외의 것을 선별할 능력이나 장비가 없으므로 별다른 선택권이 없었다. 고운 흰 장갑을 끼고 바닥과 문틈을 쓸어내는 구부정한 등을 보며 나는 물어야 했다.

당신들에게 있어 나의 쓸모는 무엇인가.

……(중략)……

내가 나로서 버티게 하는 것을 내내 찾았다. 이것은 어떻게 사라질 것인지에 대한 질문과도 맞닿아 있었다. 가치 있게 소멸할 수 있는 방식을 고민하는 일은 살아 있는 채로 천천히 사라져 가는 자의 책무이다. 누구에게나 자기만의 '어떻게'가 있기 마련이고 내 자리에도 '어떻게'는 놓여 있다.

— 출처 : 「겨울의 지점(Merry winter solstice)」
자료 제공 : 이하리

인터뷰 18-2. 페니 마셜

— 다시 만나 줘서 고마워요. 그날 인터뷰 이후 뭔가 뒤틀린 기분으로 지냈어요. 이 감정을 바로잡기 위해선 이렇게 대화의 시간이 필요했고요. ……모르겠어요, 그날의 진실이 무엇인지는. 현장에 있던 당사자임에도, 객관적인 증거가 있음에도 대체 진실이 뭐지, 그렇게 질문하게 돼요.

나 같은 트라우마 환자들의 기억은 파편화되기도 한다더군요. 기억의 방에 들어서면 그날의 조각들이 띄엄띄엄 놓여 있어요. 어느 틈에 그것들이 내 주위를 부유해요. 그럼 난 꼼짝도 하지 못한 채 그대로 조각에 찔려 피를 흘려야만 해요. 그런데도 나는 날카로운 것들을 손에 쥐고는 이어 보려고 안간힘을 써요. 그러다 보면 어느새 숨어 있던 기억 하나가 고개를 들고 조각과 조각을 이어 줘요. 난 그게 내가 좋아지는 징조라고 여겼는데, 아니래요. 거짓 기억일 수도 있다는 거예요. 진짜 기억과 가짜 기억이 혼재된 세상 속에 사는 내가 그날의 영상 속 수키 라임즈의 손짓 앞에서 확신하고, 또 확언할 수 있는 게 무엇일까요?

인터뷰 21-4. 요세프 마드모니

— 감독님, 마지막으로 질문 하나 해도 될까요? 이 다큐멘터리를 왜 찍는지, 이 멀리까지 와서 우리 같은 사람들을 왜 인터뷰하는지 전 그게 궁금해요. 여기저기서 환자가 나오고는 있다지만 질병 자체가 문제이지 그 안에 담긴 이야긴 글쎄요……. 수키 라임즈, 그리고 환자들의 사연은 이제 더 이상 세간의 관심을 끌 만한 이야깃거리도 아니고요. 당신에게서는 모어가 사라지지 않았고, 그러니 먼지로 사라질 일도 없잖아요. 우리에게 동질감을 느끼는 것도 아닐 테고, 뭔가 이득이 있는 일도 아닐 텐데 왜 이렇게 매달리나요?

내내 묻고 싶었습니다. 당신은 어째서 우리의 말을 듣고 마음을 들여다보고, 이 모든 과정을 기록하는 겁니까?

얼마 후 우리는 모하메드 아슬람과 온라인상에서 화상으로 인터뷰할 수 있었다. 그는 디몰에서의 일을 다음과 같이 증언했다.

인터뷰 28. 모하메드 아슬랍(미국 워싱턴주 애버딘, 디몰 테러 생존자)

― 수키 라임즈를 둘러싼 논란이나 루머 가운데 당신과 관련된 것들이 많아요. 그래서 당신의 얘길 꼭 듣고 싶었어요.

― 그에 대해선 저도 잘 알고 있습니다. 그냥 저는 누군가에게 철저하게 나쁜 사람이 다른 누군가에게는 완벽하게 좋은 사람일 수도 있다는 게 슬퍼요. 안타깝지만, 어쩔 수 없는 거지만요. 세상의 말을 모조리 무시할 건 아니지만 그렇다고 맹목적으로 믿어서도 안 되겠지요. 여기, 조각상이 있어요. 나는 정면에서, 당신은 뒤에서, 또 누군가는 왼쪽 혹은 오른쪽 측면에서 바라보고 있어요. 같은 것을 보고 있지만 다 다른 모습이겠지요. 진실도 조각상처럼 어디에서 보는가에 따라 달라지는 게 아닐까요? 입체적인 조각이 평면에 담길 때, 그것은 각기 다른 형태의 사물로 기록될 거예요. 그런 거예요. 거기에 단수의 사건이 다수의 기억으로 자리 잡는 과정에서 필연적으로 각기 다른 기록이 남는 법이고요.

다르게 새겨진 기억은, 그러니까 유일무이한 것이 아니기에 서로 끊임없이 나눠야 한다고 생각해요. 지난 시간을 공유하면서 누군가는 다치고 아파하겠지만, 그런 과정을 거쳐야만 우리는 과거를 잊지 않고 지금을 살며 더 나은 미래로 나아갈 수 있을 겁니다. 그렇기에 오늘 이 자리에서 저는, 저의 수키에 대해 이야기하려고 합니다. 제 기억에 따른 해석들, 믿음과 의심, 그 사이에서 판단하고 조율하는 것은 듣는 자의 몫으로 남겨 두겠습니다.

집에 가자, 어서.

맞아요, 수키는 그렇게 말했어요. 집에 가자, 어서. 그때 저는 파슈토어와 약간의 신디어만 할 수 있었는데도 분명히 알아들었지요. 파슈토어로 들렸다고 하는 게 맞겠네요. 아니요, 파슈토어였습니다. 물론 믿기 어렵겠지요. 하지만 세상엔 논리적으로 설명할 수 없지만 분명히 일어나는 일들이 있잖아요. 저는 당신이 제 이야기를 믿음과 의심 가운데 전자에 가깝게 됐으면 해요. 강요는 아니에요. 그저 바람입니다.
　— 지금 이렇게 카메라 앞에 설 수 있는 이유는 무엇인가요?
　— 한 사람의 추락을 지켜보는 일이 고통스럽더라고요. 과거의 언행이 맥락 없이 잘려져 나와 맹목적으로 비난받고 매장당하는 게, 오해였다는 해명에도 조롱이 사라지지 않는 게 저에겐 공포였어요. 그런데 무엇보다 수키가 말하고 있기 때문이에요.

— 네?

— 전 가끔 그녀가 살아 있을지도 몰라, 그렇게 말해요. 사라진 것이 아니라 말할 수 없었던 게 아닐까, 그런 생각이 들어서요. 근데 또 생각해 보면 수키는 입 다문 게 아니에요.

— *수키의 오래되고 깊은 침묵이, 실은 침묵이 아니라는 건가요?*

— 감독님이 제게 보낸 메일에 이런 말이 나오잖아요. "수키 증후군 환자들의 이야기에 있는 어떤 공백은 결코 채워지지 않습니다. 저는 실패를 예감하면서도 그 앞에 서려고 합니다." 맞아요, 남들은 짐작할 수 없을 아득한 공백이에요. 그건 어떤 시도와 노력이 있더라도 늘 공백일 거예요. 저는요, 피해자의 침묵을 비난해선 안 된다고 봐요. 기다려 줘야만 해요. 영영 침묵 속에 있을 수도 있지만 그럴지라도 기다려 주세요. 하지만 다른 이들의 침묵은 좀 다른 것 같아요. 알면서도 입을 다문다면, 그건 어쩌면 가해자에게 동조하는 것일 수도 있고, 또 넓은 의미에서 공범일 수도 있다는 생각이 들어요.

살아남은 내가 할 일은, 운이 좋게 안온한 삶을 이어가는 우리가 할 일은 고통스러울지라도 그들이 말할 수 있게 하는 거라고 생각해요. 그들의 이야길 들을 수 있게 그들 앞에 있어야 합니다. 기억과 증언과 공유, 우리에게 가장 절실한 것들 아닐까요? 이것이 제가 당신과의 인터뷰를 수락한 이유입니다.

당신은 나의 긴 침묵을 당연하게 인정하고 묵묵히 기다렸고, 그동안 나는 말할 용기를 차곡차곡 쌓을 수 있었어요. 당신과 내가 함께하고 있기에, 당신이 만나 이야기 나눈 이들이 있기에 수키는 입 다문 게 아니에요. 보세요, 저처럼, 그들처럼, 당신처럼 그녀를 기억하는 사람들이 있잖아요. 그러니까 수키는 말하고 있는 거죠.

　기억함으로써 침묵은 말이 된다.
　수키를 기억하며.

Ver.17-「먼지 인간, 수키들」 끝

나의 그날, 여름의 지점

지독하게도 무더운 날이었다. 숨을 턱 막히게 하는 열기와 습기를 피해 들어간 파라다이스 호텔은 에어컨 냉기로 가득했고, 그래서 그때만큼은 말 그대로 천국이었다. 로비 카페 구석에 놓인 폭신한 소파에 앉아 시원한 패션프루츠 주스를 마시며 나는 예상보다 길어지는 「테두리 바깥에서」의 촬영 일정을 조율하고 있었다. 지금에 와서 기억을 더듬어 보면 수키에 관한 뉴스 보도를 흘깃 봤던 것 같다. 음소거가 된 상태였던 것도 같다. 달고 시큼하고 향긋하고 상큼한 주스를 마시면서 수키의 마지막 행적을 머리에 담을 새 없이 흘려보냈을 것이다. 검은 씨를 톡톡 씹는 동안 그녀를 둘러싼 부정적인 여론들은 바람처럼 스쳐 갔을 것이다.

달콤새콤한 휴식은 오래가지 않았다.

파라다이스는 순간적이고 거대한 굉음이 휩쓴 후 폐허로 변했다. 누군가의 삶을 지탱하던 것들이 또 다른 누군가의 죽음을 머금고 잔해로 변한 현장에서 나는 폭발했으나 죽지 않은 채로 발견됐다. 결과적으로 가벼운 골절과 찰과상만을 입었고, 사람들은 그날 내가 기적을 만났다고 말했다.

지독한 여름날이 지나고 마른 눈물과 희미한 웃음이 익숙해질 무렵 나는 자꾸만 아무 때고 잠들었다. 꿈에서 나는 언제나 다른 존재였다. 어떤 날에는 빼곡한 수염을 달고, 또 다른 어떤 날에는 짧게 자른 머리를 하고 있었다. 늘 낯선 얼굴이었다. 낯선 자들 곁으로 낯선 소리들, 내가 알지 못하는 음운과 형태와 통사로 울려 퍼지는 말들이 흘러왔다. 그런데도 어색하지 않은, 이상하지만 생생한 것들. 때로는 사막과 설산, 생경한 건물이, 그곳의 소음이 환영과 환청처럼 나타났다 사라졌고, 처음 보는 이들과 식사를 하면서도 그들이 보고 싶었다. 심장이 저릿했다. 그것은 그리운 마음이었다.

그리웠다.

꿈에서 깨고 나면, 몽롱한 상태에서 서서히 정신이 들 때쯤이면 먹먹했고 비통하기까지 했다. 그 바람에 한참 동안 무릎에 얼굴을 묻어야만 했다. 나는, 살아남은 나는 감사와 원망 사이에서 갈 길을 잃은 다섯 살 아이마냥 서성였다.

무색하게 외롭던 여름날 이후 내게 생긴 일들이었다.

"세상엔 논리적으로 설명할 수 없지만 분명히 일어나는 일들이 있잖아요."

한국을 떠나기 전 나는 수키에 관한 다큐멘터리의 열일곱 번째 편집본을 완성했는데, 이번엔 모하메드 아슬람과의 인터뷰로 마무리를 지었다. 그런데 어쩐지 그의 말이 머릿속을 내내 맴돌았다. 최종 버전은 아니고, 완성됐다고 여겨도 자고 일어나면 아쉬운 것들이 생기기 마련이니 특별할 일이 아니었으나 붙잡혔다는 느낌이 사라지지 않았다.

이전과는 다른 결의 미련.

무언가 더 있다는 듯, 아직 끝나지 않았다는 듯 나를 놓아 주지 않는 소년의 말.

아니, 말이 떠나지 못하게 붙잡은 것은 나였다.

모하메드 아슬람의 말처럼 설명되지 않는다고 존재하지 않는 것은 아니다.

나처럼.

너와 나 사이에 일어난 일처럼.

한준의의 『수키에 대하여』를 읽으며 알게 된 너의 시간은 데자뷰 같았다. 내가 꾸던 꿈은 네 기억이었고, 내게 나타난 환영과 환청은 네가 그리워하던 날들이었다. 믿기 어려웠지만 그랬다. 나의 두 번째 삶에 누군가의 슬픔과 절망이 진하게 배어들었고, 또 다른 누군가의 기적과 희망이 뒤섞여 들었다.

여권 42페이지에 덴파사르 웅우라라이 공항에서 찍은 입국 스탬프와 사누르 선착장에서 찍은 출국 스탬프가 나란히 남았다. 저 다리만 건너면 43페이지에 새로운 입국 스탬프가 찍힐 것이다. 목조 다리 밑으로 푸른 물결이 투명하게 출렁였다. 나는 높다랗게 솟은 박공지붕이 인상적인 나무로 된 건물 안으로 들어갔다. 입국 수속을 마치고 건물 밖으로 나오려는데 무리의 사람들이 모여 있는 게 눈에 들어왔다. 나보다 앞서 수속을 마친 사람들은 걸음을 멈추고 작은 모니터 앞에 시선을 고정하고 있었다.

"속보입니다. 미국과 유럽연합, 중국, 그리고 국제기구들이 수키 증후군의 심각한 후유증, 신체 먼지화를 은폐한 것이 확인되어 전 세계가 충격에 빠졌습니다. 이에 국제 인권 단체들과 각국 엔지오 단체들이 즉각 항의 성명을 냈습니다."

세계는 이제까지 감춰져 있던 누군가들의 분기점과 마주했다. 점은, 어쩌면 길고 긴 선과 같을지 모르고 갈래의 길은 단 하나만 있지 않다. 누구에게든 그러할 것이다. 나 역시 몇 번의 갈래에서 몇 번의 선택을 해야 했고, 또다시 분기점을 맞으러 간다.

우리가 말을 나누기에 적당한 때 : 인터뷰 1-39

A : 한준의, B : 인터뷰어

A : 같이 있고 싶었어요. 하지만 애들이 더 잔인하고 즉각적

이더라고요. 수키에게…… 괴물이라고 했어요. 도깨비가 왔다는 말만으로도 울어 버리는 게 아이잖아요. 많은 것들이 낯설고, 그래서 공포였겠지요. 어쨌든 엄마로서 내 아이를 이해해야 했고, 또 동시에 친구로서 수키를 도와야 했어요. 아무도 없었으니까요. 사람도, 국가도, 그 어떤 것도요.

B : ……책을 낸 이유가 그거군요. 그리고 수키에게 당신이 있었다는 증거고요.

A : 도피 자금이 생각보다 많이 드는 거 아세요? 뭐라도 해야 했어요. 그게 제 친구에게 해줄 수 있는 전부였어요. 진짜 도움이 됐을지는 잘 모르겠어요. 낭떠러지 앞에 서 있는 사람이 뒤로 물러날 수 있게 도와야 했어요. 한 발자국이라도 좋으니 그랬으면 했어요. 그렇다고 해도 어차피 낭떠러지 앞일 텐데 그게 얼마나 힘이 됐을지는 알 수 없네요.

B : 준의 씨, 만약 둘이라면 어떨까요? 수키에게 손을 내민 사람이 당신 말고도 더 있다면요. 단 한 사람이라도.

A : ……감독님, 라오라는 섬이 있어요. 혹시 아세요?

B : ……발리를 거쳐 갈 수 있는 태평양의 섬 아닌가요?

A : 라오를 아는군요.

B : 오래전에 다이빙을 하러 간 적 있어요. 오래 머무르진 않았지만요.

A : 토디 팜 필링 파이가 특산품이라던데 꼭 한번 먹어 보고

싶어요, 너무 늦지 않게. 전 사진집을 내면서 라오를 처음 알았어요. ……나나코 기무라라는 사진작가가 석호라는, 오래전에 알고 지내던 사람에게 보냈던 편지와 사진이 있는데 그때 보냈던 사진들로 만든 책이에요. 안타깝게도 나나코는 수신자가 되지 못했어요. 석호에게서 답장은 단 한 번도 오지 않았고, 그래서 한국에서 사진집으로 출판했어요. 이렇게라도 부르면 그 사람이 돌아보지 않을까…… 해서요.

사람들을 혼란에 빠트린 속보에 집중하는 대신 열일곱 번째 버전에 넣지 않은 인터뷰 영상을 몇 번이고 돌려봤다. 한준의를 인터뷰하는 동안 나는 『11시 2분, 그림자로 남은―석호에게』라는 사진집을 알게 됐다. 나나코 기무라가 오랫동안 찍은 흑백 사진을 그녀의 손녀 사주 호아킨이 모아 발간한 책이었다. 한준의가 디자인 초안을 내밀자 주간은 사진 아래에 배치한 여백을 마음에 들어 하지 않았다. 무명작가의 사진집을 내는 일을 달가워하는 사람은 없었다. 한준의는 퇴사를 감행하고 독립출판사를 차리는 것으로 출간을 밀어붙였다. 책임은 오롯이 자신의 몫이었으나 그때 그녀는 이상하게도 두렵지 않았다고 했다. 『11시 2분, 그림자로 남은―석호에게』는 자신이 운영하는 출판사에서 나온 첫 번째 책으로, 이는 두 번째 책 『수키에 대하여』의 발판이 됐다고 한준의는 말했다.

문고판 사이즈의 검은 책, 어떤 설명도 없이 사진만 있는
책. 이백여 장의 흑백 사진에는 다양한 사물과 다채로운 풍경
이 실려 있지만 주인공은 따로 있었다. 제목을 모르는 상태에
서 책장을 넘기더라도 시선은 자연스레 피사체 뒤편의 그림자
에 머물게 됐다. 희고 검은, 그리고 그 사이에 있는 각기 다른
명도들로 채워진 세계에서 검은 것은 마냥 검게만 느껴지지 않
았다. 책에 실린 사진들은 하나같이 그림자에 숨겨진 서사를
고민하게 하는 힘이 있었다. 사진집 제목이나 일관성 있는 흐
름과는 대조적으로 그림자가 없는 것이 딱 하나 있는데, 그것
은 바로 마지막 페이지에 실린 거리의 표지판 사진이었다.

Lao on Wallace Line.

선명하게 찍힌 피사체 주위로 그림자를 찾을 수 없는 사진은
라오에서 찍혔다.

책을 받고 며칠 후 나는 바다에 있었다. 눈앞에 일렁이는 물
결 때문인지 잠시 어지럼을 느끼기도 했다. 속을 진정시키고
찬찬히 주위를 둘러봤다. 내가 마주한 바다는 언젠가 본 적이
있는 곳 같았다. 걸은 적이 있는 해변이었다. 기억은, 그러나
익숙한 동시에 낯설었다. 검고 날카로운 자갈들, 하얗게 부서

지는 파도들, 수평선을 따라 옹기종기 세워진 나무로 만든 집에서 바다로 뛰어드는 아이들. 근거 없는 데자뷰 앞에서 나는 지금의 환영을 꿈이라 믿고 싶었다. 그러나 이미 알고 있었다. 꿈이 아니라는 것을, 그리고 육체를 스친 울렁거림과 어지러움은,

땅 멀미였다.

서울 신촌 한복판에 있던 내가 어째서 오래 타고 있던 배에서 이제 막 내린 것처럼 땅이 일렁인다고 느꼈을까. 내가 느끼는 감정은 오롯이 나만의 것이 아니었다. 마침내 나는 인정할 수밖에 없었다. 기적이 있던 날, 그때 나를 감쌌던 먼지에는 수키 라임즈, 너도 함께였다.

가혹했던 여름날 네가 왔고, 우리는 내내 함께하고 있었다.

경이로운 세계, 라오

경이로운 라오로 당신을 초대합니다.
아시아와 오세아니아를 가로지르는 월리스 라인에서 두 세계를 대표하는 다양한 동식물을 만나 보세요.

한 통의 메일을 받았을 때 나는 확신할 수 있었다. 너의 기억

과 감정들이 내게 닿았다는 것을.

　다이빙에 관한 메일은 곧장 삭제하곤 했지만 이번은 다를 수밖에 없었다. 나는 메일에 첨부된 사진들, 화이트 비치와 블랙 비치, 바다 깊숙이 펼쳐진 풍경을 담은 사진들을 들여다봤다. 종종, 긴 시간을 들여 가만히 지켜봤다. 형형색색의 산호들, 녹슬고 이끼가 잔뜩 낀 난파선과 마주하자 라오에서 다이빙을 했을 때가 떠올랐다. 순간 귓속이 멍해졌다. 이착륙 중인 비행기 안이나 길게 뻗은 터널을 빠르게 통과하는 기차 안에 있듯, 바다에 뛰어들어 아래로, 더 아래로 내려가려 할 때처럼. 조금 시큰해진 코를 오른손의 엄지와 검지로 꼭 붙잡았다. 이퀄라이징을 하듯 천천히 숨을 내쉬자 작은 기포들이 눈앞에 떠올랐다 사라졌다. 물속으로 가라앉을 때의 느낌, 이퀄라이징이 필요한 순간이라고 하는 게 맞았다. 순간 몽글거리는 소리와 함께 무언가 밀려왔다.

　괴물은 되지 않겠어.

　오른팔이 뼛속부터 아찔하게 아려 왔다. 지금은 내 일부이지만 언젠가 너의 일부였던 오른팔 말이다. 그것은 너의 다짐이었다. 꿈인지 환각인지 답을 찾을 수 없던 시간들, 두려움으로 가득 차고 의심이 분출되던 시간들을 보내며 나는 내게 말했다.

할 수 있는 일을 해야 해.

쌓아 둔 책과 종이뭉치 사이에서 검은 책을 꺼냈다. 책에 실린 사진 중에는 라오의 블랙 비치를 담은 것도 있었는데 거기서 흐릿하게 '북스 액츄얼리(Book's Actually)'라고 적힌 간판을 찾을 수 있었다. 아래 쓰인 글자는 너무 작아서 거기까지 읽어낼 수는 없었다.

다만 확신할 수 있는 하나의 진실이 있다.

믿을 수 없지만 네가 사라졌던 날, 나는 다시 태어났다. 원래의 나 외에 다른 내가 만들어졌다. 그보다 빚어졌다고 표현하는 게 적확하다. 누군가에게서 사라진 것들이, 먼지가 되어 부유하던 것들이 부서지고 찢어진 채로 피 흘리며 죽어 가던 나를 빚었다.

어떤 나의 뼈와 근육과 신경과 피와 장기와 살은 모두 먼지로 사라진 너에게서 왔다. 귀의 먹먹함은 아직까지 남아 있다.

그리하여 나는 여기까지 왔다. 오래전 바다는 대기이자 하늘이었고 섬은 산이었으며, 나는 나였다. 지금의 나는 온전한 내가 아니다. 먼지로 빚어진 나는 다른 방식으로 존재한다. 종종 사라지고, 종종 나타난다. 소멸과 탄생을 반복하는 자는 그리하여 어디에도 없고 어디에도 있다. 어디에도 있는 나는 어디에도 없는 나를 찾아 헤맸다. 육체를 빚은 먼지는 혼자 오지 않았다. 꿈, 혹은 환幻이라 믿은 것들은 먼지가 된 이들이 남겨 둔 기억이었다.

내게 맡겨 두고 간 그리움이었다.

너를, 이제 내 기억이 된 너를 만나야 했다. 그리하여 모두이 자 아무것도 아니게 된, 그리하여 마침내 모두가 된, 수키에 대 해 말해야 했다. 내게 너를 들려줘, 그렇게 말해야만 했다.

그것이 그날 내가 살아난 이유였고, 물증 없는 의심과 그에 의지하는 흐릿한 추측만을 가지고 너를 찾아 헤맨 목적이었다.

아까보다 자그마한 보트에 올라탔다. 귓가에 울리는 엔진 소 리 사이로 두 개의 섬이 서서히 멀어져 갔다. 내가 가진 유심 칩은 인도네시아뿐만 아니라 주변 국가에서도 사용할 수 있으 나 바다 한복판은 예외였다. 임시보관함에 넣어둔 메일을 발 송하자마자 보트는 데이터 수신이 끊기는 지점에 들어섰다.

넓고 깊은 바다였다.

준의에게

가끔 몸에 돛단배를 그리곤 합니다. 옷에 가려져 잘 보이지 않는 곳에요. 문신이 아니라 얼마간 시간이 지나면 지워지는 헤나입니다. 이건 일종의 고백인데요, 어쩐지 당신에게 제 비밀 하나를 말하고 싶었습니다. 이유는 잘 모르겠지만요.

모든 것을 잃었다고 여길 때가 있었습니다. 수키의 흔적을 찾아 헤매고 사람들을 만나 이야길 나누면서 그중 내가 가장 잃은 게 없다는 것을, 아니 오히려 얻은 게 많다는 것을 알게 됐어요. 그렇기에 저는 라오로 갑니다. 당신의 손길을 거쳐 세상에 나온 책이 안내서가 될 것 같습니다. 솔직히 말할게요. 꽤나 불친절한 안내서예요. 그래도 끝까지 매달려 보겠습니다. 실패할 수도 있겠지만 그럼에도 계속 가겠습니다.

라오로 가는 몇 가지 방법 중 발리에서 두세 번 배를 갈아타는 여정을 택했습니다. 직항 대신 경유 노선을 택하고, 왕복 대신 편도 티켓을 예약했어요. 집으로 돌아올 티켓은 아직 없지만 언젠간 한국으로 돌아가는 비행기에 오를 수 있겠지요. 그때쯤 제가 알게 될 것은 무엇일까요? 당신이 물었던 적이 있지요. 믿음과 확신의 근거 말입니다. 이제야 그 질문에 답을 드립니다.

저입니다.

감히 말하건대 수키를 머금고 살아남은 제가 수키의 증거입니다. 나를 찾아 먼 데서 오는 기억들이 우리의 그녀가 살아 있음을 증명합니다.

모든 여행자들에게는 알지 못하는 비밀스러운 종착지가 있다고 해요. 내 비밀스러운 종착지에서 나는 어떤 얘길 들려주려고 해요. 이건 아마도 당신에 관한 거예요,라고 시작하는 긴 이야기가 될 것 같군요.

그리 될 것이라 믿습니다.

코코 라오, 블랙 비치

까마득한 옛날 두 개의 대륙에서 떨어져 나온 조각들이 이동과 융기를 거듭하며 하나의 섬이 된 라오. 코코 트윈스 방면의 북쪽 화이트 비치는 고운 모래가 깔려 있어 여행자의 발길이 끊이지 않고, 서쪽 항구는 섬 주변의 다이빙 포인트로 향하는 다이버들로 또 분주한데, 그에 비해 동쪽 해안은 맹그로브 숲으로 밀물 때면 개흙이 가득하다. 내 고향에선 뻘이라고 부르던 것을 이곳에서는 무어라 부를까.

서쪽 선착장에 잠시 멈춰 사람들을 내려준 보트는 이제 코코 라오의 남쪽을 향해 간다. 남쪽은 지형이 거친 데다가 무엇보다 월리스 라인을 따라 섬 한가운데로 깊은 협곡이 나 있어 육

로로의 접근이 쉽지 않아서 배를 타고 동남쪽 해안으로 이동한 후에야 갈 수 있다. 교통편도 편치 않고 바다를 즐기기에도 적합하지 않은 라오의 남쪽을 찾는 사람들이 있는데 그건 이곳이 지구상에 얼마 남지 않았다는 수상 부족의 마을 쿠아나로 가는 중간 지점이기 때문이다. 아마도 나와 함께 바다를 가르는 이들 중 대다수는 쿠아나가 목적지일 것이다. 그러나 내가 갈 곳은 블랙 비치, 검고 날카로운 자갈이 깔려 있는 해변에 있다.

이른 아침부터 뜨겁게 달궈졌던 해변의 자갈이 서서히 식어 갈 준비를 하고 있을 시간 나는 라오의 블랙 비치에 도착했다.

저녁 일곱 시 이후로는 전기가 끊기는 탓에 밤이 되면 깊은 어둠과 적막이 숨어드는 블랙 비치는 화이트 비치와 달리 그럴싸한 식당이나 숙소를 찾는 게 쉽지 않다고 했다. 그게 내가 이전에 남쪽까지 내려오지 않은 이유였는데, 몇 년이 지난 지금도 크게 달라지진 않은 듯하다. 어느새 파도는 저만치 뒤로 밀려났고 진득한 소금기를 품고 있는 바닷바람이 불어왔다. 선착장 근처의 작은 카페는 문을 닫을 준비를 하고 있었다. '라이프 부이(Life buoy)'라는 간판 아래 푸른색의 구명보트가 바람에 흔들렸다. 낮은 능선 너머로 보름 즈음의 달이 흐릿하게 떠오르고 있었다. 이번 달 들어 두 번째 뜨는 달, 블루문이었다. 빛이 푸르지 않은데도 블루문(Blue moon)이라 불리는 이유는 블루와 발음이 비슷한 옛 단어에 배신의 뜻이 있어서라고 했다. 배신자의 달이라니, 달은 그저 제 몫을 다하고 있었을 뿐인데.

배낭은 옆에 던져두고 나는 해변의 자갈밭에 주저앉았다. 이제는 엘레나의 메일을 확인해야 했다.

어쩌면 아닐지도 몰라. 그러니 짐짓 걱정하지 말고 서둘러 슬퍼하지 말고.

보나, 우리의 행복이자 눈물이던 소녀가 떠났습니다. 아이가 말하던 대로 보나에서 보나가 아닌, 그러나 결국 보나인 존재가 됐습니다. 그래서 우리는 이른 아침 불어오는 바람에게, 점점 달아오르는 한낮의 햇빛에게, 붉게 물든 저녁 하늘의 노을에게 인사를 건넵니다. 어느새 우리는 어둠으로 뒤덮였습니다. 그 어둑함을 지나 달과 별이 우리에게 다가왔습니다.

안녕, 보나. 잘 지내고 있니?

아직은 받아들일 수 없지만 보나가 원했던 방식으로 우리 곁에 머물렀던, 영원히 머물 천사를 추억하고 함께할 것입니다.

좋은 날이 우릴 기다리고 있을 거야.

그러니까 우리 또 만나.

안녕, 보나.

파도는 자갈 사이를 들어왔다가 스르르 빠지기를 반복했다. 동네 꼬마들의 웃음소리, 삼분의 일쯤 남은 페트병 속 콜라, 한낮에 널브러져 있다가 이제 기운을 차린 개들이 사람들이 사라진 바닷가를 채우고 있었다. 바다가 선명하게 보이지 않는 저녁의 시간을 해변에서 보내는 이유는 한낮의 잔상과 잘 보이진 않지만 그럼에도 하얗게 부서지는 파도, 그보다 강렬한 파도의 외침에 홀린 탓일 것이다. 어쩌면 생은 명징한 순간보다 흐릿한 기억으로 버티는 게 아닐까. 충족되지 않는 감각에 기대어 상상으로 채우는 것과 함께.

이제 해변에는 파도가 남긴 특유의 웃음만이 남았다. 어둠은 진해졌고 하늘에 별도 늘었지만 보름 근처의 달은 보이지 않았다. 없는 게 아니라 보이지 않는 것뿐인데 그걸 알면서도 서글퍼졌다.

억울하게 배신자가 되어 버린 숨은 달을 당신도 보고 있는지.

수키, 당신이 오랫동안 지켜봤던 것들이 지금 내 눈앞에 펼쳐져 있어.

어둠 속에서만 지켜본 바다, 어둠이 내려앉고서야 마주할 수 있던 풍경, 당신이 내게 준 또 하나의 기억 위로 오늘의 기억이 켜켜이 쌓였다. 오늘 나의 기원은 부서졌다, 파도처럼. 흩날렸다, 바람처럼. 사라졌다, 빛처럼. 그 자리에 내가 놓아둬야 할 것은 또 다른 바람이었다. 코코 라오에서의 첫날, 먼 곳에서 눈물짓고 있을 이들을 토닥였다. 아무도 모를지라도 그래야만 하는 날이었다. 좋은 날이 우릴 기다리고 있을 거라 믿으며. 그리고,

적막을 뚫고 누군가가 다가와서 말을 건넸다.

한 권의 책

"안녕. 너는 누구야?"

"나는 시오라고 해. 넌 이름이 뭐야?"

"다우. 내 이름은 다우야. 여긴 왜 왔어? 놀러 온 거야?"

"일을 하러 왔지."

"무슨 일을 하는데?

"그게…… 사람에 관한 이야기를 만들지. 그게 다야."

"어디로 가? 내가 도와줄까?"

난 책을 찾고 있어. 지도가 있지만, 하도 들여다봐서 지도를 내려두고도 찾을 수 있을 것 같지만, 한 번에 읽을 수 없던 낯선 이름의 길마저도 익숙해졌지만 그래도,

"나와 같이 가 줄래?"

랜턴을 켤까 하다가 그만둔다. 어둠에 익숙해지리라는 것을 나는 안다. 아이의 숨소리, 발걸음 소리를 따라 어둠을 걷는

다. 우리는 어둠을 헤치며 우르르 뛰어간다. 언덕에 이르러서
는 가쁜 숨을 내쉬기도 한다. 나보다 몇 걸음 앞서 가던 다우
가 마침내 외친다.

"여기야, 네가 찾는 책이 여기 있어."

낮은 언덕 위에 삼 층으로 세워진 건물이 있다. 바다와의 거
리를 가늠해 본다. 라오에서 가장 한적한 바다, 블랙 비치가
내려다보일 것 같다. 거대한 정향나무와 무화과나무가 나란히
서 있는 북스 액츄얼리의 입구엔 팻말이 붙어 있다.

모든 인간은 한 권의 책이다.

책으로서의 나를 써 내려가는 것은 나 혼자가 아니다. 이 순
간 나는 차가운 겨울의 얼어붙은 물가에 한 발을 걸쳐 둔다.
적도 부근의 열기와 극 근처의 냉기가 공존하는 책은 이제 걸
어도 될 만큼, 뛰어도 될 만큼 단단한 얼음판 아래로 보이지
않는 세계를 생각한다. 얼어붙어도 물은 흐른다. 어제처럼, 내
일처럼 오늘도 흘러간다.

내겐 당신들이 있다. 빛이, 부유하는 먼지들이, 멀리서 찾아
온 편린들이 우리를 감싸 안는다. 먼지로 남은 너와 먼지로 빚
은 내가 여기 있다. 섬은 바다의 산이고 공기는 바다의 물이며
나는, 먼지로 빚은 나는,

나이자 당신들이다.

이제 너를 들으러 갈게.

읽는 이가 없어도 쓰는 이들이 있다. 듣는 이가 없지만 말을 건네는 사람들이 있다. 보는 이 없음에도 나는 찍고 담는다. 아는 이 없을지라도 소멸함으로써 타인의 생을 지키는 이들이 있다. 사라지는 신체는 기억을 품고 또 다른 기억을 키워 낸다. 그렇게 소멸한 당신이 살아가고, 그렇게 세계에 서사가 쌓여 간다.

그것은 하염없는 과정이며 고요한 결과이다.

이곳 코코 라오에서도 수키에 대한 이야기를 고민하고 수정할 것이다. 삭제되고 추가되는 장면도 있을 것이다. 이 비효율적인 작업은 또 하나의 새로운 버전을 만들어 내야지만 비로소 멈출 것이다. 다섯 번째 버전을 만들면서 벼랑 끝에 서 있는 것만 같아 그만두고 싶었고, 열한 번째 버전을 만드는 동안 어떤 것도 확신할 수 없어 오랫동안 머뭇거려야 했다. 열여덟 번째 길에서 나를 기다리고 있는 것은 무엇일까.
저만치 말없이 팻말을 흔드는 이가 있다.

어서 오세요. 북스 액츄얼리입니다.

나는 한 권의 책, 각자의 세계, 그리하여 무수한 우주를 향해 발을 내딛는다. 새 버전은, 어쩐지 예감이 좋다. 비항구적인 확신과 함께 이곳에서 편집할 Ver.18-「더스트 오프 더 레코드」에서는 오프(off)로 잘려 나간 내용을 온(on)으로 바꿔 볼까 한다. 기나긴 설득의 여정이 기다리겠지.
나는 미처 끝내지 못한 마지막을 상상한다.

이 이야기는 이렇게 끝날 것이다.

온 더 레코드 : 우리가 잃어버린

지금까지 당신이 지켜본 이 이야기는 찬드라 굽타로 태어나 수키 라임즈로 살아간, 한때 허숙희로 불렸던 이와 우리 모두에게 닿는 기억이다.

보나 에버라드, 이하리, 김봉혜, 아프로 사라판, 나짜 루다키, 요세프 마드모니, 릴리 카슘바, 시실리아 슐리츠, 타린 마웅, 매슈 그레이엄, 소냐 매킨스트리, 윤일주, 레이첼 틸마, 피터 베렌버그, 아브드 엘아지즈, 니얼 매킨, 하나 무라오카, 살바도르 이야, 누엔 반두언, 벤 알렌, 그레이스 네이트케, 소피 에반스, 줄리아 리베덤, 도로타 고르치카, 후스니 소니지르, 제니 차우, 수와나 잔다이, 조엘 리, 제나 프로벤자, 바크다 라소드, 쿠니나카 카밀라, 마하무드 알게벨리, 제밀 카라케쉬, 안나 아밀리아, 다림 유수, 그리고 71,213명의 사람들 중 미처 만나지 못한 이들, 그리고 알려진 숫자에 포함되지 않은 이들,

먼지로 사라진, 먼지로 남겨진 자들을 기억하며.

『사라지는, 사라지지 않는』* ** 끝

---

* 소설에 등장하는 '수키 증후군'을 비롯하여 테러 등의 사건과 인용 자료(방송과 서적 등)는 대부분 허구이다. 더불어 실제로 있는 언론 매체의 경우 그대로 사용, 혹은 변형하여 썼음을 밝힌다.

** 소설의 일부는 COVID-19(코로나바이러스감염증-19)로 인해 세상을 떠난 이들을 애도한 부고 기사들, 『뉴욕타임스』의 「헤아릴 수 없는 죽음」과 『워싱턴포스트』의 「죽은 이들의 얼굴들」을 읽고 쓸 수 있었다. 해당 기사들은 생을 마감한 이들의 이름과 더불어 그들과 함께한 추억을 짧게 싣고 있다. 그중 2020년 5월 27일자 『뉴욕타임스』 1면에 실린 부고 기사는 알프레드 로드 테니슨의 시구로 끝난다. "숫자는 사람의 상황에 적용될 때는 불완전한 수단이다(A number is an imperfect measure when applied to the human condition)." 소설 역시 누군가를 말하는 불완전한 수단일 테지만 그럴지라도,

작가의 말

12월 어느 날, 한숨도 못 잔 새벽 6시쯤으로 기억한다. 전부터 구상하고 있던 두 개의 소재, '어느 날 갑자기 내가 고대 히브리어나 중세 영어만을 하게 된다면 어떤 일이 일어날까?'와 '절체절명의 위기에서 나는 스스로를 희생해서 타인의 생명을 구할 수 있을까?'를 하나로 묶으면 어떤 이야기가 펼쳐질지 문득 궁금해졌다. 곧장 노트북을 켜고 두어 시간 플롯을 짰다. 동네 영화관에 가서 '구마驅魔'에 관한 영화를 봤고, '당기시오(Pull)'가 적힌 문을 자꾸 미는 바람에 복도에서 한참 서 있어야 했다. 집으로 돌아가는 길에 부는 바람은 매서웠고, 붉어진 뺨을 다독이며 뒤늦게 잠을 청했다. 여름의 나라로 떠나는 일이 어렵지 않았던 건 그 겨울들이 끔찍해서였는지도 모르겠다.

여름만 있는 곳에서 나는 그만 쓰고 싶었다. 소설로 맺은 인연과 안녕을 고하고 싶었다. 낯선 언어만을 하게 된 이의 서사를 상상한 것은, 실은 내가 그랬으면 해서였다. 외부 요인에 의해 쓰고

251

자 하는 욕망이 꺾이길, 그렇게 될 수밖에 없길 바랐다. 스스로 그만둘 용기는 없었다. 소멸된 언어만 하게 된다고 해도, 그래도 쓸 인간이었다, 나는. 그렇다면 나를 갉아먹으면서 쓰지는 말자고 다짐했다. 소설 쓰는 지영보다 생을 꾸려 가는 지영을 소중하게 여기기로 결심했다.

여름의 여름이 시작될 무렵 팬데믹의 시대를 맞이했다. 정보는 충분치 않았고, 그마저도 낯선 언어로 찾아왔다. 이국에서 마주한 공포 앞에서 나는 나를 지켜 주는 게 무엇인지 질문했다. 명확한 답을 찾지 못했으나, 대신 잊고 있던 이가 떠올랐다. 고립의 시간 동안 300장 분량의 중편이 장편으로 확장됐다. 그 후로도 종종 들여다봤지만 고개를 돌리곤 했다. 이 소설을 마주하는 일이 왜 이리 괴로운지는 시간이 흐른 후에야 알 수 있었다. 먼지 인간들은 다름 아닌 나였다. 조각나고 부유하고, 그러다 사라지는 이들에게 나의 어떤 순간이 스며 있었고, 나는 한때의 나와 마주하고 싶지 않았다. 그러나 그들이 나라는 것을 인정하자, 그제야 소설이 다가왔다. 내 안에 자리 잡았다.

내가 만든 세상 속에서 살아가는 인물이지만 저의를 모르겠는 그의 행동과 말이 많다. 쓰면서도 왜 이렇게 생각하나, 왜 이런 선택을 하나 질문하게 된다. 나는 내 소설 속 인물들을 잘 모르겠다. 그것만이 아니다. 출입구가 막힌 공항에서 철조망 너머로 아기를 넘기는 부모, 그 아기에게 우유를 먹이는 군인, 세 손가락을 들고 총구 앞에 서는 이, 지진과 홍수가 휩쓸고 간 자리에서 제 손으로 가족의 시신을 찾는 이, 그 마음들을 내가 감히 헤아릴 수 있을까. 그것만 모르겠는가. 예심에 올랐다는 소식에 함께 애태운 피붙이의 마음을, 내가 쏟아내는 불안을 나눠 가져간 친구의 마음을, 당선과 출간 소식에 말을 잇지 못한 부모의 마음을 나는 모른다. 선율은 열 밤이 지나면 상어 영화를 보기로 하고선 800일 넘도록 나타나지 않는 이모를 기다렸다. 건과 영상 통화를 할 때면 나는 작은 고모야,라고 말하지만 실상 만난 적 없는, 그저 낯선 사람일 뿐이다. 나를 향한 아이들의 마음을 나는 알 수 없다. 새벽의 호숫가를 걷겠다며 이른 잠을 청하는 나를, 희로애락 앞에서 지금의 감정을 문장으로 어떻게 표현하면 좋을지 고민하는 나조차도 이해하지 못한다. 나는 아는 게 없다. 비겁하지만 그렇다.

사람의 마음을 온전히 알 수 없다는 것을 깨달을 때 한 편의 소설을 쓰는 일이 끝난다. 내게 있어 소설과의 이별은 당신과 나를 완벽하게 이해하는 일의 패배를 인정하는 순간 이루어진다.『사라지는, 사라지지 않는』역시 그랬다. 여름 안에서 안녕의 결은 달라졌고, 끝과 이별은 충분치 않게 됐다.

비겁한 패배자에게 크고 귀한 기회를 주신 심사위원분들께 존경과 감사의 인사를 드린다. 수림문화재단과 연합뉴스 관계자분들께도 머리 숙여 인사드린다. 특히 가운데서 조율해 주신 연합뉴스 김민기 차장님께 감사를 전한다. 계속된 수정으로 인해 손이 많이 가는 소설이었다. 상황을 너그럽게 이해해 주시고, 조언해 주신 심종섭 실장님께 죄송함과 감사를 함께 전한다. 한 권의 책에 많은 이들의 노고가 담기는 것을 안다. 그 손길에 경의를 표한다. 그리하여 이 책은 모두의 것이다.

스스로 믿지 못하는 순간에도 믿어 준 이들이 있다. 때때로 가장 날카로운 칼을 내민 것도 그들이었으나 그 또한 쓰게 한 힘이다. 사랑하고 미워하는, 마침내 사랑할 수밖에 없는 가족들, 고맙다. 먼 데서 잔뜩 웅크리고 있던 나를 들여다본 친구들 역시 고마운 이들이다. 몇 시간 동안 이어지는 수다, 하늘을 날아 찾아온 책과 편지가 있어 마음은 가난할 새가 없었다. 마지막으로 김미현 선생님, 이은정 선생님, 강영숙 선생님, 문학을 꿈꾸고 소설을 욕망하게 한 분들. 선생님들을 떠올리면서 걸음을 내디딜 수 있었다. 어둑한 길임에도, 결국 가야 할 곳을 향해. 계속 빛이 되어 주실 거라, 오랫동안 건강하게 곁에 머물러 주실 거라 믿는다.

"이모는 뭐 하는 사람이에요?"라고 선율이 물었다. 나는 답했다. "소설 쓰는 사람." 어색하고 부끄럽지만 그래도 말할 수 있을 것 같다. 소설을 써 왔고 계속 쓰겠습니다,라고. 여전히 나 따위가 뭐라고 쓰나 싶다. 그럴 땐 아무것도 하지 않아도 좋다고 믿는 지영이 소설 따위가 뭐라고 그러느냐 말한다. 주저앉은 지영 옆에는 오늘의 조각이 소설 속 한 단락이 될 테니 괜찮다고 속삭이는 지영이 있다. 계속 망해도 된다는, 더 실패해 보자는 비항구적인 확신인 이 상을 손에 들고 어마어마하며 별거 아닌 소설과 함께 걸어가겠다. 그 길에 끔찍한 계절 같은 건 없길.

그러니 감사의 말은 결국 단출한 문장만 필요하고 이 글 역시 실패했다.

감사합니다. 계속 쓰겠습니다.

2021년 가을과 겨울 사이에

지영

코로나19가 지속되고 있고, 인간의 단절은 더욱 심각하게 진행된다. 혹자는 대부분의 활동이 비대면으로 이어지는 이런 현상은 앞당긴 미래의 모습이라고도 한다. 이 시기 인간의 다양한 삶의 모습, 거기서 파생되는 다양한 관계를 이야기하는 소설이야말로 그 역할이 커졌다고 볼 수 있겠다. 원고지 800매 이상의 장편소설 쓰기의 지난한 노력을 잘 알기에 심사는 그 어느 심사보다 많은 공력이 들어갔다. 놀라운 신인의 탄생을 바라는 마음이 공력을 더했을 것이다.

많은 응모작들이 각기 개성을 드러내며 이 세계를 이야기하고 있어 반가웠다. 한 가지, 우리는 영화나 드라마의 영상을 잠깐만 봐도, 혹은 대사 처리의 방식만 봐도 잘 만들어진 작품인지 아닌지 안다. 마찬가지로 소설에도 명백한 소설의 문장이 있다. 장편소설은 세계를 다양한 방법으로 확장해 보여 줄 수 있다는 장점이 있다. 이때 이 확장의 방법이 중요하다고 할 수 있다. 영화와 마찬가지로 좋은 소설인지 아닌지는 '어떻게'에서 판가름 나는 경우가 많다. 이 '어떻게'가 소설의 문장이라고 할 수 있다. 현대의 소설쓰기는 '무엇을'이 아니라 '어떻게'에 맞춰져 있는데 아직도 무작정 하고자 하는 이야기를 써 나가는 '무엇을'에 방점이 찍힌 소설들이 많았다.

한 달간의 예심을 통해 본심에 올라온 작품은 『하드보일드 뽀이』, 『기울어진 운동장』, 『아디오스 곰별』, 『한 칸』, 『인생 마치 비트코인』, 『사라지는, 사라지지 않는』 여섯 편이었다. 심사위원들은 여섯 편에 대한 각각의 소감을 나누었고, 한두 작품을 추천했다.

『하드보일드 뽀이』는 소설 전체를 장악하며 힘 있는 문장으로 독자를 끌어들이는 흡인력이 대단했다. 다만 너무 하드보일드하다고 할까, 적잖이 부담이 되는 소설이었다. 『기울어진 운동장』은 백화점과 백화점에 입점해 있는 소상공인 간의 갑을 관계에서 비롯되는 삶의 좌절을 잘 드러내고 있으나, 독자의 예상을 빗나가지 않는 서사와 보편적인 문장이 아쉬웠다. 『아디오스 곰별』은 사랑과 이별, 상처를 극복하는 과정을 담은 소설로 느슨한 서술이 아쉬웠다. 『한 칸』은 경험에서 우러나는 작품의 진정성은 있으나 기존의 작품을 떠올리게 하는 익숙함이 있었다.

우리가 마지막으로 논의한 작품은 『인생 마치 비트코인』과 『사라지는, 사라지지 않는』이었다. 『인생 마치 비트코인』은 잘 읽히는 작품이다. 산전수전 다 겪은 젊은 아파트 관리인의 차분한 이야기 전개도 흥미로웠다. 다만 이 세상을 다 아는 듯한 단정적인 문장, 403호와의 관계를 일기를 들여다보는 형식으로 쉽게 설정한 점, 결말의 작위성 등이 아쉬움으로 언급되었다.

『사라지는, 사라지지 않는』은 모든 심사위원이 공히 추천한 작품이었다. 테러 현장에서 사고를 당한 뒤 깨어난 인물들이 모국어를 잃고 언젠가 접해 본 적이 있는 언어를 모국어처럼 자연스럽게 말하게 된다는 설정이 관심을 끌었다. 사고 뒤 전혀 다른 환경에 놓인다는 설정은 낯설지 않지만 그것이 '말'이라는 점이 신선했고, 언어와 세계와의 관계를 집요하게 파고드는 힘이 있었다. 모국어를 잃고 전혀 다른 언어를 완벽하게 구사한다는 것은 몸에 다른 옷을 입는 것이 아니라 몸 자체가 바뀐 것과 같아, 결국 이 세계에서 고립되고, 먼지로 사라질 수밖에 없다는 내용은 언어에 대한 놀라운 천착이었다. 또한, 1000매 가까이 되는 작품 전체를 '수키 증후군'과 관련된 인터뷰와 기사만으로 채운 점도 놀라웠다. 인터뷰와 기사 사이에는 어떻게 기사를 접하게 됐는지, 혹은 인터뷰를 하게 됐는지 보조 설명도 없이 툭툭 문단이 나뉘고 서술되지만 그것이 허술하게 느껴지는 것이 아니라 오히려 시의 행이나 연처럼 압축된 힘을 가졌다. 우리의 말을 붙든 낯선 소재, 과감한 생략과 단단한 문장은 다른 소설과 확실한 차별을 보이며 우위를 점하고 있었다. 다만, 신체가 먼지가 되어 사라지다는 설정을 할 수밖에 없는 점은 이해가 가지만 설득력이 조금 약했고, 기본 서사가 기사나 인터뷰만으로 채워지고, 행간의 생략이 심하다 보니 일반 독자의 가독력을 담보하지 못하는 것은 아닌가 하는 우려가 일부 있었다.

그럼에도 심사위원들은 독특한 설정과 전개 방식으로 새로운 한 세계를 펼쳐 보인 신인의 패기를 높이 샀다. 이 신인은 우리에게 흔히 말하는 소설의 재미를 이제는 전혀 다른 곳에서 찾아야 할 때라고 말하고 있는 듯하다. 그저 그렇게 잘 쓴 소설이 아닌, 전혀 다른 소설의 문법으로 한국문단에 새로운 파장을 일으키길 기대한다.

심사위원장 윤후명(소설가) 성석제 양진채(소설가) 정홍수 신수정(문학평론가)